PATRICK LAGNEAU

LA PANNE

À Michaël ADAM,
en toute amitié.

Le téléphone portable est un signe extérieur de détresse.

Pascal Sevran
Animateur, producteur de télévision, parolier, chanteur et écrivain français

On a oublié qu'il fut un temps, avant l'ordinateur, avant Internet, avant les mails, avant le téléphone portable, avant les SMS, où l'on s'écrivait des lettres, de longues lettres, régulièrement comme un bonheur, comme un plaisir. On appelait ça une correspondance. On disait entretenir une correspondance. Et c'est un mot tellement beau, tellement juste : on correspond parce qu'on se correspond.

Alain Rémond
Chroniqueur français

JOUR 1

ARIZONA
Kitt Peak National Observatory

— Eh bien, on ne sera pas tout seuls ! lance un passager pendant que le bus se gare sur le parking dans les *Quinlan Mountains*, à côté d'autres véhicules de tourisme et des incontournables autobus jaunes spécifiques aux transports scolaires.

Les touristes descendent les uns derrière les autres et se regroupent autour de Graham Richie, leur guide originaire de Californie, mais parlant français sans accent, qui attend que tous soient là pour donner les consignes de la visite de l'Observatoire Astronomique National Américain.

Bien que le site soit à deux mille mètres d'altitude, la chaleur sèche et non moins étouffante du désert aride de *Sonora* se resserre comme un étau sur le groupe.

— Tout le monde est là ? Bien. Suivez-moi ! Je vous expliquerai ce qui nous attend à l'intérieur. Il fera meilleur, c'est climatisé.

Les touristes sur ses talons, Graham Richie conduit le groupe vers un des bâtiments de l'Observatoire. Parvenu à un vaste bureau d'accueil, il se dirige vers trois hôtesses qui, apparemment, le connaissent. Après avoir présenté un dossier de réservation, il dépose la mallette contenant tous les passeports français de son groupe. Une hôtesse s'en empare et disparaît dans une pièce arrière vitrée.

— Ils vont faire quoi de nos passeports ? demande une femme à son mari.

— Sans doute les contrôler, peut-être même en faire des copies.

— Pourquoi ? Nous les avons déjà présentés à l'aéroport pour entrer aux États-Unis, non ?...

— Peut-être pour nous retrouver en cas de fuite d'informations capitales...

— Ils nous prennent pour des espions ou quoi ?

— Ce sont les Américains. Ils sont hyper méfiants et...

— Voilà, l'interrompt Graham Richie revenu vers le groupe, nous pouvons y aller. Suivez-moi, je vous prie...

Ils enfilent un long couloir et pénètrent dans une sorte d'amphithéâtre sur les fauteuils duquel chacun prend place. Le guide se retrouve face à eux sur une sorte de scène que surplombe un vaste écran.

– Nous allons commencer par la projection d'un film documentaire sur l'historique de l'Observatoire, puis sur le matériel utilisé et enfin sur les découvertes qui ont marqué l'astronomie mondiale. Il dure environ une heure. Les commentaires sont en anglais, mais ne vous inquiétez pas. La version projetée spécialement pour vous aujourd'hui est sous-titrée en français.

Graham Richie se dirige vers le premier rang pour prendre place et lève la main en direction du projectionniste. Les plafonniers s'éteignent les uns après les autres et la salle s'obscurcit progressivement jusqu'au noir complet.

Les premières images apparaissent à l'écran.

***

Le documentaire, comme annoncé par Graham Richie, retrace l'historique de l'observatoire, depuis le choix du site en 1958 jusqu'à son rattachement en 1982 au *National Optical Astronomy Observatory* constitué de quatre observatoires.

Stupéfaits, les spectateurs apprennent que l'observatoire de Kitt Peak est doté d'un ensemble de vingt-quatre télescopes et de deux radiotélescopes, et qu'il est reconnu comme le plus diversifié du monde.

Un passage en revue des principaux matériels ne manque pas de les subjuguer : une antenne de vingt-cinq mètres du réseau américain de radiotélescopes, un télescope de quatre mètres de diamètre, un second, de trois mètres cinquante, chargé de mesurer la masse des exoplanètes, un des deux radiotélescopes de douze mètres de diamètre, puis deux télescopes de deux mètres dix de diamètre et le télescope solaire *McMath-Pierce* d'un mètre soixante.

Le documentaire réalisé pour des néophytes ne rentre pas dans les détails trop techniques, mais donne un aperçu impressionnant du site.

Un générique de fin remercie les spectateurs de leur attention et leur souhaite une bonne visite.

***

À peine sorti de la salle, Graham Richie entraîne son groupe vers des bâtiments hors-sol qui abritent les différents télescopes ou radiotélescopes.

— Est-ce que nous allons visiter ces gros champignons ? demande une femme, visiblement intriguée.

— Ce ne sont pas des champignons, Madame. Ces sphères, en haut des tours que vous voyez, abritent différents télescopes. Nous irons les voir tout à l'heure. Pour l'instant, nous allons commencer par ce bâtiment en forme de triangle rectangle, qui abrite, à votre avis, quel appareil parmi ceux qui vous ont été présentés dans le documentaire ?

Claude Mansart, l'homme qui a tenté d'apporter une explication à sa femme sur la raison pour laquelle les passeports ont été réquisitionnés, prend la parole.

— Vu la taille impressionnante et la forme particulière, je dirais qu'il doit s'agir du radiotélescope de douze mètres de diamètre...

— Perdu. Vous avez là une structure qui abrite le télescope solaire dont le diamètre est d'un mètre soixante.

— Ah bon ? Pourquoi le bâtiment est-il si grand alors ?

— Venez ! Suivez-moi, je vais vous expliquer

tout cela à l'intérieur.

Ils empruntent à pied une route sinueuse bordée d'une végétation d'altitude et se rapprochent lentement du bâtiment « triangle rectangle ».

Alors qu'ils sont parvenus à une centaine de mètres, des sirènes se mettent à hurler sur l'ensemble du site. Graham Richie se fige et fait signe au groupe de ne plus avancer.

– Que se passe-t-il ? demande quelqu'un.

Ils se font doubler par plusieurs véhicules de police qui entourent le bâtiment vers lequel ils se dirigeaient. Tout va ensuite très vite.

Une voiture à gyrophare fonce sur eux et freine à quelques mètres. Un des deux policiers descend du véhicule et s'entretient en anglais avec Graham Richie. Après quelques minutes d'échange avec lui, il remonte dans la voiture qui démarre sur les chapeaux de roue pour rejoindre les autres véhicules.

Inquiets, les touristes attendent des explications de leur guide qui, apparemment, semble embarrassé.

– J'ai une mauvaise nouvelle. Nous devons interrompre la visite et quitter le site.

Une incompréhension générale visible l'incite à poursuivre.

– Rien de grave. Mais le protocole habituel d'évacuation des visiteurs se met en place lorsqu'une découverte astronomique capitale vient d'avoir lieu.

– Qu'est-ce qui a été découvert ? demande ironique un des hommes du groupe. Un astéroïde qui va s'écraser sur terre ? Une planète qui a explosé ? Les martiens qui débarquent ?

– Ne plaisantez pas ! Je l'ignore pour l'instant. Mais ce qui est sûr, c'est que nous devons partir.

– C'est incroyable ! s'insurge Claude Mansart. Nous avons payé et cela fait partie de notre séjour...

– Monsieur Mansart, vous préférez que ce soient les policiers qui vous embarquent de force avec des armes braquées sur vous ? Non, faites-moi confiance ! Nous devons rejoindre le bus, quitter le site et retourner à l'hôtel. J'aurai une explication à l'accueil. Venez, ne perdons pas de temps !

Sortant de chaque bâtiment dévolu à l'astronomie, d'autres touristes accompagnés par leurs guides et des scolaires par leurs enseignants se rejoignent en grappes sur tous les chemins du site qui convergent vers le parking.

Chacun ressent une profonde déception, mais

ne peut s'empêcher d'admirer le massif en altitude parsemé de pavillons à télescopes qui se détachent sur un ciel bleu électrique sans nuages, au milieu d'une végétation qui témoigne de l'aridité et de la sécheresse du sol montagneux.

Pendant que tous les groupes s'installent dans leur bus respectif, Graham Richie retourne à l'accueil du site pour récupérer la mallette déposée à l'arrivée. À son retour après une dizaine de minutes, il rejoint ses touristes à qui il restitue les passeports, puis, alors que le chauffeur démarre et s'engage vers la vallée à la suite des autres véhicules, Graham Richie s'empare d'un micro inséré dans le tableau de bord.

– J'ai un début d'explication sur le phénomène astronomique qui a été observé et a provoqué notre départ précipité. Depuis plusieurs jours ont été repérées des éruptions inhabituelles à la surface du soleil. Les spécialistes qui suivent leur évolution sont persuadés d'une catastrophe imminente...

Aux visages perplexes des passagers, Graham Richie marque une pause qui permet aux langues de se délier.

– Qu'entendez-vous par catastrophe ?

– Ça peut être grave ?

— Nous sommes en danger ?
— Le soleil va exploser ?
— Et la Terre ? Que va-t-il se passer ?

L'inquiétude est évidente, et il se doit, dans la mesure de ses connaissances sur ce phénomène et des informations qu'il possède, de rassurer tout le monde. Autant que possible.

— Ne vous inquiétez pas ! Rien de tout cela. Des vents solaires récurrents soufflent en permanence des particules chargées dans l'espace, mais la plupart du temps, elles sont bloquées par le champ magnétique qui entoure notre planète.
— Oui, mais là, vous parlez de catastrophe...
— C'est vrai, mais pas au sens vital pour l'humanité. Là, d'après ce qui m'a été expliqué rapidement, ce serait surtout avec des incidences sur nos réseaux techniques, genre électricité, sur notre technologie... Et encore, nous avons connu par le passé ce genre de phénomène. Le plus important remonte à 1859. Il est connu sous le nom d'événement de Carrington. Il avait mis le feu aux fils télégraphiques.
— Heureusement, nous n'avons plus de télégraphe aujourd'hui.
— Certes, mais la technologie a évolué.
— Vous pensez à l'électricité ?

— Je ne sais pas. Un scientifique doit prendre la parole dans l'émission d'information « *WA 360°* » animée par Willy Anderson en début de soirée sur CNN. Nous serons à l'hôtel pour suivre ça.

— Il va expliquer ce qui nous attend en termes de catastrophe ?

— Je ne connais que le thème qu'il va aborder... Il parlera de tempêtes solaires...

ARIZONA
Tucson
Country Inn

Les touristes français se sont rassemblés dans le vaste salon de l'hôtel de leur passage en Arizona, devant un vaste écran plat, attentifs à ce qui va être annoncé, et notamment plus de détails sur « LA » catastrophe imminente. En raison de l'importance de l'événement mondial exceptionnel, l'émission d'information présentée par Willy Anderson, célèbre animateur et journaliste américain de CNN, a été préenregistrée pour être diffusée avec sous-titres au choix des téléspectateurs, en allemand, japonais, chinois et français. Bien sûr, Graham Richie a choisi les sous-titres appropriés pour son groupe. Pour l'heure, c'est un bulletin météo qui se termine, suivi par une page de publicité.

À 22 h 00 précises, le générique « *WA 360°* » est lancé et dans la foulée, Willy Anderson apparaît face à la caméra en demi-plan rapproché derrière un bureau laqué blanc. Derrière lui, des images de l'observatoire de Kitt Peak, sous des angles différents, sont diffusées sans le son sur un immense écran plat. Dès qu'il prend la parole, les Français se plongent dans la lecture des sous-titres...

– Bonsoir à tous, ravi de vous retrouver une nouvelle fois pour un nouveau sujet d'actualité brûlant qui se déroule actuellement au Kitt Peak National Observatory, et d'ailleurs cette édition spéciale n'a lieu ni des studios d'Atlanta ni de ceux de New York comme nous avons coutume de faire, mais dans les studios d'Arizona PBS à Phoenix. Nous sommes à 150 miles du cœur d'un événement troublant et sans doute dramatique, pour ne pas dire catastrophique. Pour nous en parler ce soir, nous avons invité Bradley Jones, président-directeur général du National Optical Astronomy Observatory qui regroupe quatre des plus importants observatoires astronomiques des États-Unis, dont celui de Kitt Peak. Bonsoir Monsieur Jones...

– Bonsoir Monsieur Anderson...

– Alors, cet événement spectaculaire dont tout le monde parle sans trop savoir réellement de quoi il retourne, pouvez-vous nous en donner des détails précis et surtout nous expliquer ce qui nous attend ?

– Oui, bien sûr. Mais avant, si vous me permettez, j'aimerais situer cet événement astronomique dans un contexte historique plus général.

– Je vous en prie...

– Merci. Le soleil, puisque c'est de lui qu'il s'agit, est souvent balayé par des vents nés d'éruptions à sa surface qui éjectent des milliards de tonnes de particules énergétiques à travers l'espace. Heureusement celles-ci, bien que fréquentes, ne causent que de très rares dégâts sur Terre. Lorsque ces éruptions sont plus importantes, nous les appelons tempêtes solaires. La plus importante a eu lieu en 1859 et le souffle des particules qui a atteint la Terre a endommagé sérieusement le réseau télégraphique. La technologie n'en était alors qu'à ses balbutiements.

– Cette tempête du XIXe serait donc exceptionnelle ?

– Non, justement. L'activité solaire est cyclique. Un peu comme la saison cyclonique. Deux autres tempêtes solaires se sont produites en 1921 et 1989, causant de graves perturbations électriques, de nombreuses coupures de secteurs plongeant des millions de personnes dans le noir. Depuis une quinzaine de jours, nos scientifiques ont observé sur notre étoile une succession de tempêtes solaires de plus en plus puissantes qui, au lieu de s'apaiser comme c'est le cas habituellement, se sont mêlées les unes aux autres, décuplant ainsi leur force de balayage que l'on reconnaît aux taches à la surface du soleil. En 1989, les scientifiques ont estimé la superficie de la tache solaire à 133 000 km sur 33 000 km.

– Une tache solaire identique est-elle visible aujourd'hui ?

– Non. Plusieurs taches ont été observées avec des surfaces moindres.

– Donc moins de risques qu'en 1989...

– Justement, non. Et c'est bien là où je veux en venir. Je vous ai parlé de plusieurs tempêtes solaires mêlées et mouvantes. Si elles se stabilisent, une seule tache pourrait apparaître, mais surdimensionnée. Nos scientifiques, depuis nos quatre observatoires principaux, ont comparé leurs calculs prévisionnels et ils sont identiques. Si une tache unique se formait, elle pourrait atteindre une superficie de 300 000 km sur 90 000 km...

– Mais alors, que se passerait-il ?

– Une éjection de masse coronale gigantesque...

– Vous pouvez être plus explicite ?

– Des particules magnétiques par milliards seraient propulsées sous l'effet de vents solaires puissants dans l'espace en direction de la Terre. Le champ magnétique qui entoure notre planète serait bien insuffisant pour bloquer toutes ces particules chargées qui parviendraient à se glisser jusqu'à notre atmosphère en passant par les pôles.

– Avec sans doute de superbes aurores boréales...

– Oui, mais là, ce serait le côté positif de l'événement...

– Donc, il y aurait un aspect négatif ?

– Pas un. Plusieurs.

– Le réseau électrique serait touché comme en 1989 ?

Bradley Jones marque une pause et son visage

s'assombrit malgré lui.

– Pardonnez-moi de rentrer dans les détails, mais je crois que vous ne mesurez pas la puissance solaire en question. Parce que nous sommes en été, le réseau électrique de l'hémisphère nord en priorité serait touché, effectivement. Les transformateurs subiraient une surtension et grilleraient. En moins de quatre-vingt-dix secondes, le réseau électrique s'effondrerait. Les dégâts matériels et économiques se chiffreraient par centaines de milliards de dollars. Mais pas seulement. En 1989, nous vivions les débuts d'internet. Avez-vous conscience de ce que cela représente aujourd'hui ? Toute notre société dépend de la technologie numérique et notamment d'internet. Les gestionnaires des réseaux électriques ont intégré les impacts potentiels, mais peu d'études ont été faites sur le réseau internet mondial. L'infrastructure n'est absolument pas préparée. De longs câbles serpentent au fond des mers et des océans. Ils sont équipés de ce qu'on appelle des répéteurs pour amplifier les signaux. Or ceux-ci sont tout particulièrement sensibles aux courants géomagnétiques induits par les particules chargées venant du soleil. Si suffisamment de répéteurs tombaient en panne simultanément, des continents entiers seraient coupés les uns des autres.

– J'ai entendu dire que des câbles de transmission avaient déjà été coupés par des ancres de navires, mais qu'ils avaient pu être réparés…

– Vous avez raison. Mais connaissez-vous la

longueur approximative globale des câbles de transmission internet à travers le monde ?

– Heu... non...

– Aujourd'hui, plus de 1,3 million de kilomètres traversent le globe, soit 32 fois le tour de la Terre. Une tempête solaire majeure orientée vers notre planète comme celle que je vous ai décrite, la frapperait en trois vagues successives. D'abord arriverait la lumière solaire de haute énergie, composée de rayons X et de lumière ultraviolette. C'est elle qui interfèrerait avec les communications radio. Puis une seconde vague serait composée d'une tempête de radiations dangereuses pour les astronautes non protégés. Et enfin, comme je vous l'ai déjà expliqué, la dernière vague serait une éjection de masse coronale, nuage chargé de particules énergétiques qui peuvent interagir avec le champ magnétique terrestre pour produire de puissantes fluctuations, appelées orages magnétiques. Le réseau de communication en subirait les conséquences.

– Pour pallier ce problème, pourrions-nous compter sur nos nombreux satellites en orbite ?

– Non, ils seraient les premiers atteints. Toute communication serait réduite à néant, tout comme le système mondial de positionnement, nos GPS, omniprésents dans les téléphones portables, les avions et les voitures. Et n'oubliez pas que lorsque vous payez votre plein d'essence avec une carte de crédit, c'est une transaction par satellite. De plus, la plupart des chaînes de télévision subiraient des ruptures de diffusion. Et je ne

vous parle même pas de l'économie mondiale qui repose pour nombre d'entreprises sur internet.

– Ce que vous nous annoncez là serait effectivement une véritable catastrophe planétaire.

– Je crois que c'est le terme approprié.

– Pour conclure, d'après vous, quelle est la probabilité qu'une telle catastrophe se produise ?

– Des scientifiques renommés ont annoncé une gigantesque tempête solaire pour ce siècle.

– Avons-nous une date précise ?

– Étant donné la similitude des observations des astronomes de nos quatre sites, je dirai peut-être demain, dans une semaine, dans un mois...

– Et si une coupure générale d'internet avait effectivement lieu, combien de temps durerait la panne ?

– Tout dépendrait des dégâts occasionnés. Je dirais plusieurs semaines ou même plusieurs mois. Peut-être plus.

– Avez-vous averti le président des États-Unis de cette probabilité ?

Bradley Jones marque une nouvelle pause. Sans doute parce qu'il mesure l'impact de ce qu'il s'apprête à révéler.

– Oui. Comme à chaque danger pour les populations. Et là, je peux vous dire que les présidents de tous les pays du monde sont informés. Une réunion de tous les dirigeants planétaires est prévue dans deux jours à

l'ONU...

– Peut-on dire qu'il s'agit là d'une réunion d'urgence extraordinaire pour contrer cette éventuelle tempête solaire ?

– Personne ne peut contrer une tempête solaire. L'objectif de la réunion sera en relation avec les dégâts potentiels occasionnés sur les populations et l'économie mondiale.

– Donc, si je vous suis bien, vous êtes en train de nous expliquer que les dirigeants du monde sont persuadés que la catastrophe est inévitable.

– À partir des éléments que nous avons fournis, et ce que je vous ai expliqué ce soir, oui, ils le sont.

– Nous pouvons donc parler d'une catastrophe inéluctable pour l'humanité ?

Bradley Jones affiche cette fois un visage grave.

– À quatre-vingt-dix pour cent, certainement !

– Eh bien, Monsieur Bradley Jones, merci d'être venu nous éclairer sur cette actualité dont nous parlerons probablement dans les jours, voire les mois à venir.

Puis, face caméra en gros plan, Willy Anderson conclut l'émission.

– Chers amis, merci de votre attention, et en attendant notre prochain rendez-vous, je vous invite à

croiser les doigts pour que la catastrophe potentielle annoncée par Bradley Jones nous tombe dessus le plus tard possible, et éventuellement... pas du tout. Bonne fin de soirée et à mardi prochain !

***

Graham Richie coupe le son d'une nouvelle page de publicité. Tout son groupe est silencieux, perturbé par ce qui vient d'être annoncé. Au bout de quelques secondes, Claude Mansart intervient.

– Et maintenant, qu'allons-nous faire ? Notre séjour n'est pas terminé...

– Pendant que vous regardiez l'émission de Willy Anderson, j'ai reçu un SMS de mon responsable d'agence. Nous devons reprendre l'avion pour New York. Votre retour en France est programmé dans trois jours...

– Comment s'insurge, Albert Groult, un autre Français du groupe, mais nous devions visiter le Grand Canyon, les studios de Hollywood à Los Angeles et terminer par San Francisco...

– Ne vous inquiétez pas, l'agence vous remboursera.

– Mais je me fous d'être remboursé, s'énerve Albert Groult. Ce voyage avec mon épouse est notre cadeau familial pour nos cinquante ans de mariage...

– Je suis désolé, mais les responsables préfèrent ne prendre aucun risque...

– Aucun risque ? Quels risques ?

– Excusez-moi, Monsieur Groult, mais vous avez entendu comme nous tous ce qui a été annoncé par Bradley Jones. Personne ne connaît exactement ni l'ampleur exacte ni les conséquences de la catastrophe annoncée...

– La catastrophe ! Si ça se trouve, il n'y aura pas de catastrophe...

– Le risque ne mérite pas d'être couru. Bon. Imaginons que la tempête solaire ait lieu comme cela a été expliqué. Si effectivement la Terre est bombardée de particules énergétiques par milliards et que les satellites ne fonctionnent plus, que croyez-vous qu'il puisse arriver à des avions de ligne qui ne seraient plus en contact avec aucun aéroport ?

Albert Groult pâlit. Il vient de comprendre ce que veut lui faire admettre Graham Richie.

– Je... je ne sais pas.

– Eh bien, voilà, Monsieur Groult. Moi, non plus. Tout comme les responsables de mon agence et les compagnies aériennes. D'où l'intérêt de rentrer en France le plus vite possible si vous ne souhaitez pas passer les mois qui viennent aux USA.

– Euh... excusez-moi ! Vous avez raison...

– Allez, ne vous excusez pas !...

Puis s'adressant au groupe.

– Je vous propose de remonter dans vos chambres et de faire vos valises. Nous partirons pour l'aéroport de Phoenix demain à cinq heures. Nous sommes à 250 km. Notre avion pour New York est à 15 h 30. Je vous souhaite une bonne nuit.

En montant dans l'ascenseur, Geneviève Groult murmure à son mari :

– Tu sais quoi ?

– Non.

– J'ai hâte d'être à Paris.

– Tu sais quoi ?

– Non.

– Moi aussi.

JOUR 2

ISRAËL
17 h 30

L'Opel Corsa de location que Léo et Mélina ont louée à l'aéroport de Tel-Aviv traverse à vive allure le désert du Néguev en direction du sud. Leur périple pour leur voyage de noces touche à sa fin. Eilat sur la mer Rouge sera l'avant-dernière étape de leur séjour.

—J'ai vraiment du mal à y croire… lance Mélina, un sourire béat aux lèvres.

— À quoi ? demande Léo en lui jetant un regard furtif amusé.

— Qu'on soit ici… Tu as eu une idée géniale. Tu vois, ce n'est pas une destination à laquelle j'aurais pensé, mais franchement, c'est top. Tu imagines tout ce qu'on a vu…

— C'est Israël, ma chérie !

— Oui, mais jamais je n'aurais cru que je serais aussi bouleversée. Je ne suis pas vraiment croyante, pas du tout même, mais chaque lieu, chaque monument, chaque nom, renvoient à la bible et à la religion…

— Pas seulement catholique…

— Non, et c'est ça qui est bouleversant. Les trois religions monothéistes se côtoient comme si de rien n'était. Musulmans, chrétiens et juifs jouissent de la même terre, des mêmes droits…

— En apparence !

— Saint-Jean d'Acre, Haïfa, le lac de Tibériade, Nazareth, le Jourdain, Jérusalem, le Saint-Sépulcre, le mur des Lamentations, le Yad Vashem, le dôme du Rocher, la mosquée al-Aqsa… Et puis la mer Morte, Massada… Que des noms et des lieux historiques qui ont jalonné notre parcours et qui ont des consonances religieuses différentes, mais dans une sorte d'harmonie troublante. Comme une perception incontournable de l'existence de Dieu…

— Hou, là ! Tu ne vas quand même pas entrer au couvent à notre retour en France, la taquine Léo.

— Tu es fou, je tiens trop à toi. Non, je te faisais juste part d'une sensation bizarre comme un coup d'épée dans mon incroyance, ou tout du moins dans mon manque d'intérêt pour toute forme de spiritualité.

— Je comprends ce que tu veux dire. Quelque part, je ressens la même chose. Ah, regarde, on aperçoit Eilat…

Au loin, au-delà des toits des maisons et des hôtels de la ville, la mer Rouge scintille de mille reflets posés au gré du pinceau rougeoyant du soleil couchant qui allonge ses dernières couleurs dans la douceur des dunes du Sinaï.

Le GPS Google Maps de son Android-auto les oriente sans difficulté au Palma Diving Resort, l'hôtel face à la mer où ils ont réservé une chambre pour la nuit. Après s'être installés, douchés, ils descendent au restaurant où les attend un fastueux buffet composé de falafels, de sibahs, de shawarmas, de böreks, de houmous et autres spécialités, qui fait naître l'envie de goûter à tout.

Après deux heures passées à table à déguster la plupart de ces mets accompagnés de Sémillon blanc, Léo propose à Mélina d'aller faire une petite balade digestive sur la plage à quelques mètres de l'hôtel.

Après s'y être promenés une bonne vingtaine de minutes, ils s'assoient sur le sable et laissent errer leurs regards au large de la mer Rouge.

— Tu vois ces lumières à droite, là-bas ?

— Oui, bien sûr !

— Elles sont à six kilomètres. C'est l'Égypte ! Et maintenant, là, à gauche… trois kilomètres… c'est la Jordanie…

— On se sent petits…

— Et à l'horizon, tu les vois aussi ces lumières, sur la mer ?

— Oui. C'est quel pays ?

— L'Arabie Saoudite… vingt kilomètres !

— On est vraiment au bout du monde…

— En quelque sorte…

— Tu devrais faire une vidéo et commenter en même temps ce que tu viens de me dire… Ça épaterait les copains…

— OK, dit Léo en sortant de sa poche son iPhone dernière génération, mais c'est toi qui commentes… Tu veux bien ?

— Oui, bien sûr !

Il commence à filmer dans un lent panoramique les différentes lumières pendant que Mélina énonce à haute voix à quels pays elles appartiennent.

— Ils vont en prendre plein la vue, lance Léo dès que la vidéo est terminée.

— Tu leur envoies ?

— Oui, bien sûr ! Je vais la poster au groupe.

Il commence la manipulation, tapote plusieurs

fois sur son écran. En vain.

– Merde !
– Qu'est-ce qui se passe ?
– Il n'y a pas de réseau !

SICILE
Castelvetrano - 16 h 30

Sur la plage de Selinunte, Antonio sort de l'eau assez fraîche à son goût pour la saison. Mais il estime que cette température est vivifiante et lui permet d'entretenir son corps. En tout cas, elle compense son activité sédentaire devant son ordinateur huit heures par jour.

Il s'empare de sa serviette posée sur le transat mis à la disposition des touristes par Maurizio, son ami d'enfance et propriétaire du bar qui donne sur la plage. C'est lui qui gère aussi l'ensemble des parasols. Il s'essuie rapidement, enfile ses vêtements, salue son ami et rejoint sa Volkswagen Sharan pour regagner Castelvetrano.

Un quart d'heure plus tard, après avoir garé son véhicule sur l'allée, il descend et traverse le jardin d'agrément qui valorise la blancheur méditerranéenne de la villa. Il se dirige vers Charlène, sa femme d'origine française, qui lit dans un fauteuil estival à l'ombre d'un palmier. Il l'embrasse et s'assoit un instant à ses côtés.

– Elle était bonne ? demande-t-elle.

– Pour ne rien te cacher, un peu fraîche.

– Je te l'avais dit. Tu n'es pas prudent. Tu sais que tu es fragile des bronches.

– Je ne suis pas resté longtemps dans l'eau. Juste ce qu'il faut pour me redonner l'énergie nécessaire pour reprendre le boulot. Giovanna et Giuseppe arrivent pour quelle heure ?

– Ils seront là vers 18 h 00 en principe. Ils m'ont dit qu'ils repartiraient au plus tard vers 22 h 00, car ils ont un avion tôt demain matin à Palerme pour le Luxembourg.

– J'ai deux visioconférences ce soir. Une avec un directeur du Texas, et la seconde avec une DRH du Massachusetts. Je m'y collerai après le repas quand ils seront partis. Vers 23 h 00, il sera 17 h 00 à Boston et 16 h 00 à Dallas. Ça ira.

Depuis quinze ans, Antonio est manager de son propre cabinet de recrutement. L'objectif est de repérer des CV mis en ligne sur la toile par des demandeurs d'emploi ou des salariés qui souhaitent simplement changer d'entreprise. Après un premier tri, il contacte ceux qui correspondent le mieux au profil recherché par de grandes sociétés qui lui ont fait connaître leurs besoins. Ensuite, Antonio les interviewe individuellement en visioconférence afin de cerner au mieux leur personnalité. Quand un candidat lui parait correspondre au profil recherché par une société, il programme une rencontre et si ce candidat convient et qu'il est embauché, Antonio est rémunéré selon un pourcentage du salaire annuel proposé au candidat.

Depuis quinze ans, il s'est fait une belle réputation et les sociétés n'hésitent pas à faire appel à lui. Tout le monde y trouve son compte.

— Bon, je vais prendre ma douche, lance Antonio à Charlène. Et ensuite, je m'occuperai du barbecue.

La soirée est fort appréciée par Giovanna et Giuseppe. Surtout les grillades d'Antonio dont il est passé « *maestro* ». Comment peut-il en être autrement entre poivrons, aubergines et ses fameuses bruschettas, tranches de pain de campagne grillées frottées à l'ail et recouverte de dés de tomates trempés dans l'huile d'olive et du sel ? Sans compter l'espadon, également grillé, dont Giuseppe est particulièrement friand.

Vers 22 h 00, comme prévu, les invités

prennent congé de leurs hôtes et promettent de revenir en Sicile en été pour un séjour un peu plus long.

Antonio et Charlène débarrassent la table, disposent assiettes, couverts, verres et plats dans le lave-vaisselle.

— Je te laisse, dit Antonio. Je vais faire mes visios.

— Tu m'as dit que tu en avais pour une heure ?

— Non, je ne t'ai rien dit, mais oui, compte une heure, une heure trente...

— Ça va. J'ai une série à voir sur Netflix...

— C'est quoi ?

— Oh, un truc de filles. Ça ne te plairait pas du tout.

— OK ! À tout à l'heure !

Antonio s'éclipse et rejoint son bureau. L'ordinateur est connecté en permanence. Gain de temps.

Il a donné rendez-vous à Kelly Mc Coy, célibataire et DRH chez Wayfair, une entreprise de commerce en ligne spécialisée dans les produits de maison. Elle souhaite apparemment la quitter pour des raisons qu'elle expliquera à Antonio. Tout du moins l'espère-t-il. Les arguments qu'elle développera lui permettront d'appréhender la psychologie du personnage avant qu'il lui explique le profil recherché par la société qui l'a sollicité.

Il est presque 23 h 00. C'est le moment. Il ouvre l'application « Zoom » et clique sur le logo « caméra » qui le mettra directement en communication avec Kelly, car elle lui a indiqué qu'elle est également connectée à la même application.

Le visage de Kelly apparaît à l'écran. La jolie blonde d'une quarantaine d'années arbore immédiatement un large sourire. L'interview peut commencer.

— *Hello Sir!*
— *Hello Miss Mc Coy! Can I call you Kelly?*
— *Sure! You...*[1]

À la grande stupéfaction d'Antonio, la communication est interrompue et un message sans équivoque s'affiche au centre de l'écran :

« ***Nessuna connessione internet***[2] »

Il se lève, se dirige vers la box et lit le message apparent sur la fenêtre du boîtier :

---

[1] — Bonjour Monsieur !
— Bonjour, Mademoiselle Mc Coy ! Puis-je vous appeler Kelly ?
— Bien sûr ! Vous...

[2] Pas de connexion à Internet

« ***Nessuna rete***[3] »

Il entend de loin la voix de Charlène :

– Qu'est-ce que tu fais ? Je n'ai plus Netflix et plus aucune chaîne...

– Ce n'est pas moi. C'est une panne de réseau.

– Ça va durer longtemps ?

– Non, en général, quelques minutes...

En tout cas, il l'espère. Il faut absolument qu'il poursuive cet entretien avec Kelly Mc Coy.

Le salaire que propose la société est colossal.

Et le pourcentage pour lui, proportionnel !

---

[3] Pas de réseau

FRANCE
Amiens - 16 h 30

Ophélie quitte le collège après la dernière heure de cours. Sans un regard, sans s'arrêter, elle traverse un groupe d'élèves qui s'apprêtent à monter dans le bus. Il est là. Elle en est certaine. Mais impossible de savoir lequel la harcèle depuis des semaines, chaque jour, chaque soir et même parfois la nuit.

Elle n'en peut plus. Dans les derniers messages qu'elle a reçus sur son téléphone, elle est traitée de « *grosse truie* », de « *salope* » et de « *boudin mal baisé* ». Jamais elle ne saura qui en est à l'origine.

Elle s'éloigne à pied du collège par la rue du Languedoc. Comme chaque fin de journée, la ville vit au rythme des sorties de bureaux.

Son cœur bondit dans sa poitrine lorsqu'elle entend cruellement le signal d'arrivée d'un message. Sa respiration s'accélère quand elle glisse sa main dans la poche de son manteau. Il est là. Entre ses doigts. Il est là le symbole de l'enfer qu'elle vit au quotidien. Elle répugne à lire le message. Jusqu'à la nausée. Elle craint le pire. Elle jette malgré tout un œil sur l'écran, au cas où il s'agirait d'un SMS de sa mère.

Aux premiers mots, elle comprend. Il n'y a pas d'équivoque : « *Alors grosse vache, t'es prête à t'faire défoncer le cul ? On sait que t'aimes ça. On va t'faire jouir sale pute !* »

Elle retient ses émotions pour ne pas attirer l'attention des gens qu'elle croise. Elle étouffe de larmes contenues. Elle doit s'isoler. Elle passe devant la boutique « Au pain gourmand » où habituellement elle s'achète un pain aux raisins dont elle raffole. Mais pour l'heure, sa gourmandise est reléguée aux oubliettes. D'ailleurs sans doute aurait-elle dû l'enfouir depuis longtemps afin que l'embonpoint de son corps de jeune fille de quinze ans ne suscite pas de sarcasmes, de quolibets et cet ignoble harcèlement qui la détruit à petit feu.

Elle poursuit son chemin à grandes enjambées. Il lui faut fuir. Fuir son calvaire, fuir ses souffrances, fuir, fuir, fuir...

Elle emprunte sans s'en apercevoir l'avenue des Cygnes, traverse un pont qui enjambe la Somme et aperçoit sur sa gauche un chemin de halage piétonnier et cyclable qui longe le fleuve peu abondant, mais régulier. Elle s'y engage et quand un peu plus loin elle se trouve seule sous les arbres feuillus, elle sanglote, le visage dans ses mains. Quand enfin, elle ouvre les yeux, son regard erre au fil de l'eau. Elle s'approche de la rive. La solution est là.

Ne plus être importunée...

Avoir l'esprit libéré...

Ne plus voir son image dans le miroir chaque matin, quand sa mère...

Maman... je dois la prévenir...

Ophélie sort rapidement son téléphone, cherche sa mère dans ses contacts, et tape rapidement quelques mots sur le clavier.

Appuie sur la flèche d'envoi de son message...

Le dernier...

Ses yeux sont embués de larmes...

Elle doit faire vite...

Ne pas se poser de questions...

Ne plus jamais entendre le signal de réception de messages...

S'endormir enfin sans cauchemars...

Oublier...

Pour toujours...

Un pas...

Un seul…

Les oiseaux chantent toujours dans le feuillage lorsque les ondes circulaires concentriques s'éloignent avec le courant.

***

Les jumeaux Charlie et Gary Bousquet, élèves de troisième, descendent du bus et s'éloignent vers leur domicile. Alors qu'ils traversent le parc Ginko, Gary sort son téléphone.

– Tu fais quoi ?
– J'envoie un dernier truc à la pétasse…
– Tu vas lui dire quoi ? Tu l'as déjà bien arrangée aujourd'hui… Tu devrais lui foutre un peu la paix…
– C'est le dernier… On va lui faire comprendre que quand on bouge un cul comme le sien, il y a du monde dans la salle d'attente…

Il sort son Galaxy qu'il allume. Il se connecte sur Instagram avec son pseudo anonyme. Alors qu'il s'apprête à taper sur une première touche du clavier, un message s'affiche sur son écran :

« **Réseau mobile non disponible** »

– Merde !
– Quoi ?
– J'ai plus d'réseau !

Charlie sort son téléphone et le connecte.

– T'as raison ! Moi non, plus...

FRANCE
Perpignan - 16 h 30

Pascal n'avance pas. Le bouchon traditionnel sur la voie rapide de contournement du centre-ville. Comme chaque soir, il prend son mal en patience. Dix minutes plus tard, il respire de soulagement quand il aperçoit le Méga Castillet, complexe de quatorze salles de cinéma et quatre restaurants, signal du début de la "quatre voies" libératrice. Plus qu'une dizaine de minutes à cent-dix au volant de sa Renault Koléos avant la sortie pour Théza.

Il parvient peu après devant le pavillon en même temps que sa femme Brigitte qui, elle, revient de Canet-en-Roussillon où elle enseigne l'espagnol au lycée Rosa Luxemburg. Elle utilise la télécommande pour ouvrir la porte du garage dans lequel elle rentre sa Peugeot 308. Pascal gare sa voiture sur l'allée du garage.

Comme à son habitude, elle regarde s'il y a du courrier dans la boîte. Une seule lettre.

— Tiens, c'est pour toi ! République française... J'espère que ce n'est pas encore une prune...

— Oh, non ! Pas encore !

Pascal ouvre l'enveloppe et déplie la feuille qui se trouve à l'intérieur.

— Merde !

— Quoi ?

— Excès de vitesse !

— Oh, non ! C'est le troisième en un mois... Tu roulais à combien ?

— Soixante-douze !

— Au lieu de ?

— Cinquante !

— Tu es agaçant, tu ne fais jamais attention...

— T'es marrante toi ! Il faut toujours avoir le nez sur le compteur. Ça change tout le temps.

— Ça t'est arrivé où ?

— À l'entrée de Saint-Cyprien !

— Mince ! Tu le sais que c'est cinquante et qu'il y a un radar là, non ?

— Tu sais quoi ? La prochaine fois, tu prendras le volant.

– Et ton amende, elle est de combien ?
– Quatre-vingt-dix euros !
– Et combien de points en moins ?
– Deux !
– Allez donc ! Il t'en reste combien ?
– Moins ces deux-là, six !
– Tu as intérêt à faire attention, sinon, tu vas te retrouver bientôt sans permis... Et vlan ! Quatre-vingt-dix euros en moins sur le budget...
– Non, attends ! Si je paye sous quinze jours, c'est quarante-cinq euros...
– Eh bien tu sais quoi ?
– Oui, je vais aller régler ça tout de suite pour ne pas oublier.
– Oui, tu fais bien. Te connaissant...

***

Pascal allume son ordinateur. Le temps que se fasse la connexion, il repère sur sa feuille le code qu'il devra rentrer pour régler son amende en ligne. Il se lève pour prendre sa carte bleue qu'il a oubliée dans son portefeuille, revient s'asseoir devant l'écran allumé. Il tape l'adresse inscrite dans les indications de la feuille administrative, « **antai.gouv.fr** », et valide.

La connexion échoue et un message s'affiche à l'écran :

« Pas de connexion internet »

– Ah, punaise, c'est pas vrai !...

Brigitte entre dans le bureau.

– Qu'est-ce qui se passe encore ?

– Il se passe qu'on n'a pas de connexion internet !

– Tu as essayé avec mon portable ?

– Non.

– Attends, j'y vais ! Je te dis...

Elle quitte le bureau et deux minutes plus tard, Pascal l'entend s'écrier du bas de l'escalier :

– Tu as raison ! Je n'ai pas internet non plus...

FRANCE
Rungis - 16 h 30

Sa dernière cargaison d'oranges et de pastèques déchargée au marché international, Tiago Santos remonte au volant de son dix-neuf tonnes, démarre et s'engage sur la rocade A86 pour rejoindre l'Aquitaine A10. Rien que ce mot, « Aquitaine », a le pouvoir de le transcender. Il représente pour lui la porte vers l'Espagne, dernière étape avant son retour au Portugal où l'attendent Faustina et ses deux garçons, João et Miguel. Alors qu'il s'engage sur l'A10, il s'imagine déjà quitter la France à Irun, puis traverser Burgos, Valladolid, Salamanque, Ciudad Rodrigo et la frontière portugaise franchie, Vilar Formoso, Guarda, Viseu avant de retrouver la famille à Aveiro au sud de Porto.

Il se sent guilleret avec ce retour au bercail et une semaine de repos largement méritée. Il connait bien sûr l'autoroute par cœur. Le trajet n'a plus aucun secret pour lui : Orléans, Blois, Tours, Bordeaux...

Parvenu au niveau de Neuillé-le-Lierre, la circulation ralentit et il se colle à ce qui ressemble sans erreur possible à un bouchon. Ce qui l'étonne rétrospectivement, c'est qu'aucun panneau d'information sur l'autoroute ne l'ait signalé. Ce qui l'inquiète davantage, c'est que la plupart des conducteurs des autres véhicules sont descendus et discutent ensemble. Ce qui l'amène à conclure qu'ils doivent être arrêtés depuis un certain temps. Il regarde sa montre... six heures moins le quart...

De rage, il tape les paumes de ses mains contre le volant, puis veut savoir ce qui se passe. Il descend de la cabine et rejoint un groupe d'hommes qui conversent ensemble et qu'il écoute sans intervenir.

– ... de dix kilomètres, au moins !

– Non, pas dix, on est au niveau de Neuillé-le-Lierre... Ça doit faire cinq... maximum six...

– Il a dû y avoir un sacré accident...

– Non, je ne crois pas, on aurait vu des ambulances, les pompiers ou les flics nous dépasser par la bande d'arrêt d'urgence. Et là... on n'a vu personne...

– Faudrait essayer de leur téléphoner aux flics, ils doivent savoir ce qui se passe…

– Inutile ! J'ai essayé. Il n'y a pas de réseau…

– Comment ça, pas de réseau, j'ai discuté avec ma femme il y a à peine une heure…

L'homme qui vient de prendre la parole sort son téléphone portable d'une poche intérieure de sa veste et compose le 17 puis lâche aussitôt :

– Mince, vous avez raison. Regardez !

Il montre aux autres hommes du groupe son écran qui affiche :

« **Réseau mobile non disponible** »

Tiago s'empare de son propre téléphone, tente d'appeler Faustina au Portugal, mais doit se rendre à l'évidence : lui aussi a un message de connexion impossible affiché sur son écran.

– Ah ! Ça avance, lance soudain un des hommes.

Tous constatent qu'effectivement, les véhicules commencent à se déplacer lentement. Le bouchon semble se résorber. Chacun regagne sa voiture, son camping-car ou son camion.

Tiago, comme tous les conducteurs, savoure la fin de l'arrêt forcé, et au bout de quelques kilomètres, quelle n'est pas sa surprise de constater qu'aucun véhicule ne s'arrête au péage de Monnaie, nom de commune sans équivoque, situé à dix-sept kilomètres de Tours. Aucune signalisation lumineuse rouge ou verte n'est allumée au-dessus des voies de passage. Tiago engage son dix-neuf tonnes en suivant une file de camions et c'est là qu'il comprend ce qui se passe. Ça, c'est bien la France ! Toutes les barrières sont levées et des techniciens invitent d'un geste du bras éloquent tous les conducteurs à passer. Quand Tiago passe au niveau de l'un d'eux, il ralentit, baisse la vitre et un bras accoudé à la fenêtre, il lance :

– *C'est le grève ?*

– Non, réplique le technicien, panne d'internet. Les bornes ne sont plus connectées. Personne ne peut payer avec sa carte bleue. Pour éviter les bouchons, on laisse passer tout le monde, conclut-il en l'encourageant du bras à avancer.

Tiago le salue de la main. Il n'a pas tout compris. Juste qu'il n'y a plus d'internet.

Voilà pourquoi il n'a pu appeler le Portugal.

obligée d'admettre qu'effectivement toute connexion est impossible.

– Qu'est-ce qui se passe ? demande-t-elle à la cantonade.

– Le monsieur vous l'a dit, réplique sa voisine. Il n'y a pas de réseau...

– Tous les téléphones ? Tous les fournisseurs en même temps ? Comment cela est-il possible ?

– Eh bien, on appelle ça une panne !

– Ah, merci, répond la femme d'un haussement d'épaules.

Un homme parvient à traverser le groupe sans ménagement, une trousse à la main.

– Pardon, je suis médecin !

Agenouillé auprès des deux blessés, il constate la gravité des blessures et se retourne vers le groupe.

– Quelqu'un a appelé le SAMU ou les pompiers ?

– Impossible !

– Comment ça, impossible ?

– Un, il y a une panne de réseau. Aucun téléphone ne fonctionne. Et deux, même s'il y en avait, comment voulez-vous qu'une ambulance puisse arriver jusqu'ici avec cet embouteillage ?

Le médecin sort le sien. Compose le 15. En vain.

USA
New York - 10 h 30

Comme chaque matin, Russel Mc Ferry, trader au New York Stock Exchange — la plus grande des bourses mondiales appelée plus communément Wall Street de par sa localisation à Manhattan — quitte son appartement de la cinquième avenue. Il longe Bryant Park par la quarante-deuxième rue jusque Times Square, comme chaque matin, pour rejoindre son ami Tom Schilder, trader comme lui. Ils partagent ensemble un café au « Jacke's @ The Knick » avant une longue journée à scruter les écrans du monde entier et surveiller les variations de cotes boursières.

En parvenant comme chaque jour au cœur névralgique de Manhattan, tant sur le plan professionnel que touristique, Russel est subjugué par les lumières des écrans publicitaires sur les façades

des buildings, tellement puissantes vingt-quatre heures sur vingt-quatre, que l'obscurité nocturne n'y pénètre jamais. C'est l'une des raisons, entre autres, pour laquelle New York est surnommée « la ville qui ne dort jamais ».

Alors qu'il se dirige vers le « Jake's @ The Knick » entouré par les énormes spots lumineux, comme des milliers de piétons sur les trottoirs il se fige soudain, hypnotisé par un moment hallucinant et incompréhensible : tous les écrans se sont éteints en même temps, provoquant dans les esprits habitués, un vide oppressant, des écrans noirs géants accrochés aux ombres des tours sans vie.

Alors qu'il suppose un problème technique vraisemblablement résolu dans les minutes à venir, il s'aperçoit qu'aucune lumière n'est allumée dans les bars et les restaurants.

Que tous les feux aux carrefours sont éteints.

Que tous les piétons paraissent complètement désorientés.

Que tous les automobilistes ont ralenti, d'instinct et que des bouchons commencent à se former.

Il regarde sa montre : 10 h 45. Il imagine soudain que ce problème technique a dû perturber les directs télévisés avec les bourses mondiales. Il doit se rendre en urgence à Wall Street. Tant pis pour le café aujourd'hui. D'ailleurs, Tom doit sans doute réagir comme lui.

ISRAËL
8 h 30

Après une nuit d'amour et de sommeil réparateur, Léo et Mélina apprennent avec stupeur qu'il y a une panne généralisée d'électricité en Israël. Léo avait bien tenté d'allumer le téléviseur de leur chambre en quête d'informations, mais en vain. Il avait alors émis l'hypothèse qu'il était en panne, tout comme l'éclairage de la salle de bain. Il avait aussi constaté un dysfonctionnement de son chargeur de téléphone dont la batterie est déchargée. Mais maintenant, il comprend : panne d'électricité générale.

Après avoir avalé un petit-déjeuner rapide, ils chargent leurs bagages dans le coffre de l'Opel. La dernière étape est Tel-Aviv en soirée avant de reprendre l'avion pour Paris le lendemain.

La route n'est pas compliquée. Il n'y a toujours

pas de réseau internet, mais Léo, la veille, avait bien visualisé le trajet sur Google Maps. Il suffit de longer l'Égypte par la route 12, puis de continuer sur la 40 jusque Tel-Aviv par Beer-Sheva.

Tout au long du parcours, ils sont bluffés par le décor désertique et rocailleux. Vers midi, ils passent à proximité du canyon d'Ein Avdat indiqué par des panneaux touristiques. Léo gare la voiture sur un parking prévu pour les touristes. Après une courte descente à pied, alors que la batterie de son téléphone n'est plus qu'à quinze pour cent de charge, il prend quelques photos d'une cascade et d'une crique entre les roches, puis ils remontent jusqu'au parking.

– C'est chiant, peste Léo. Je ne peux même pas envoyer de photos aux parents comme on l'a fait depuis le début du voyage.

– Appelle-les pour leur expliquer !

– Ah oui ? Sans réseau, je fais comment ?

– Ah, pour téléphoner non plus ? Ils vont s'inquiéter…

– De toute façon, soupire Léo, je n'ai quasiment plus de batterie !

Dépités, ils remontent dans la voiture puis prennent la direction de Tel-Aviv.

Ce n'est que vers 18h00 qu'ils atteignent

l'aéroport David Ben Gourion pour rendre leur véhicule de location. Après avoir fait le plein du réservoir puis déposé leur Opel sur le parc de stationnement réservé, ils rejoignent le stand de l'agence Hertz pour remettre les papiers et les clefs de voiture. C'est là, que sidéré, ils assistent à un échange houleux entre le responsable de l'agence et un touriste juste devant eux.

— Que se passe-t-il ? demande Mélina qui ne comprend pas l'anglais.

— À cause de la panne de réseau, les cartes bancaires ne fonctionnent pas, lui explique Léo. Et il n'a rien d'autre pour régler sa location.

— Eh bien, et nous ? Comment allons-nous faire ?

— Ne t'inquiète pas, le type voulait réserver une voiture. C'est à ce moment-là qu'on règle la location.

— Ah ? Alors nous, on l'a fait au départ.

— Oui, sourit Léo, sinon nous n'aurions pas pu avoir de voiture...

Le touriste dépité s'éloigne du comptoir et Léo peut remettre les papiers et les clefs de l'Opel. L'agent remet le trousseau à un technicien qui s'éloigne en direction du parking.

— Tu peux aller t'asseoir, si tu veux...

— Pourquoi ? Qu'est-ce qu'on attend ?

— Le gars est parti vérifier l'état de la voiture... Elle doit être comme au départ. C'est la règle.

Quand le technicien revient dix minutes plus tard, il rend les clefs à l'agent et lui signale que tout est OK. Léo signe un papier de retour de véhicule puis rejoint Mélina.

— C'est bon ? demande-t-elle.

— Oui, nickel. Allez, maintenant, allons à l'hôtel. Il est à deux pas.

Alors qu'il se dirige vers l'extérieur, il se retourne et s'aperçoit que Mélina ne le suit pas. Elle est figée, debout au milieu du hall. Il revient vers elle.

— Eh bien, qu'est-ce qui se passe ?

— Regarde !

Léo tourne la tête dans la direction indiquée par Mélina, mais ne comprend pas. Il lui lance un regard interrogateur.

— Ben... tu ne vois pas ? Tous les écrans éteints. Aucun n'affiche les horaires de départ ou d'arrivée des avions.

— C'est normal, réplique Léo d'un haussement d'épaules, puisqu'il y a une panne d'électricité.

— Et ça ne t'inquiète pas ?

— Ils vont réparer ça. Demain tout fonctionnera. Viens, allons dans notre chambre. J'ai des choses à te dire...

— Ah oui ? Quoi ?

Léo lui murmure d'un sourire amusé :

— Surprise !

***

Après leur dernière nuit et le petit-déjeuner à l'hôtel, heureusement réservé et réglé à l'avance, ils retournent dans l'aéroport pour l'embarquement.

C'est à l'enregistrement de leurs bagages qu'ils apprennent que, suite aux perturbations numériques, les avions long-courriers sont cloués au sol pour une durée indéterminée. Les voyageurs vont être pris en charge par EL AL, la compagnie d'aviation avec laquelle ils devaient retourner en France.

— Là, il faut prévenir les parents.

— Je vais demander à une hôtesse s'il y a un téléphone dans l'aéroport…

Léo s'éloigne un instant vers un comptoir où

plusieurs jeunes femmes, vêtues de tailleurs aux couleurs de la compagnie d'aviation, expliquent aux voyageurs la raison de l'annulation des départs de leur avion. Dès que l'une est libre, il se précipite vers elle.

— *Excuse me!*

— *Hello, Sir!*

— *Hello! Is there a phone in the airport that I could use to call France, please?*

— *Oh, I'm sorry, all phones are hooked up to a digital server that's currently down.*

— *Ah ! OK, thanks!*[4]

Léo rejoint Mélina qui, à sa mine déconfite, a déjà anticipé la réponse.

— Comment va-t-on faire pour les prévenir ? Ils vont s'inquiéter…

— Bon, je pense qu'ils sauront que notre avion a été annulé. Le plus chiant c'est le temps de parking supplémentaire qu'il faudra régler à Roissy

---

[4] - Excusez-moi !
- Bonjour Monsieur.
- Bonjour ! Y a-t-il un téléphone dans l'aéroport que je pourrais utiliser pour appeler la France, s'il vous plaît ?
- Oh, je suis désolée, tous les téléphones sont reliés à un serveur numérique actuellement en panne.
- Ah ! OK, merci !

pour la bagnole.

– Bon, ça ne va pas durer des mois. En attendant, on fait quoi ?

– Viens, ils vont nous indiquer une chambre d'hôtel.

– À leurs frais, j'espère ?

– C'est probable.

– On va rester cloués ici combien de temps ?

Léo grimace en haussant les épaules.

– Pas trop longtemps, j'espère. On reprend le travail lundi…

SICILE
Castelvetrano - 7 h 30

— Eh bien, qu'est-ce qu'il t'arrive ? Pourquoi as-tu ressorti ton vieux transistor et ne t'es-tu pas couché ? demande Charlène encore ensommeillée.

Antonio lève la tête, pose son stylo sur les feuilles sur lesquelles il prenait des notes.

— Si, je me suis couché, mais pas longtemps ! Comment veux-tu que je dorme avec une telle catastrophe ?
— Pourquoi dis-tu « catastrophe » ? Ce n'est pas parce que tu as manqué une interview que le monde va s'écrouler.

Antonio prend une inspiration avant de se lancer dans des explications dont il sait qu'elles vont perturber sa femme. Comme il l'est lui-même.

– Tu es allée au réfrigérateur ?
– Non. Pourquoi ?
– Eh bien, va voir !
– Quoi ? Qu'est-ce qu'il a ?
– Va voir, je te dis…

Charlène regarde son mari, intriguée, et se dirige vers la cuisine. Elle en revient quelques secondes plus tard.

– Il a décongelé ! C'est toi qui l'as arrêté ?

Antonio répond par la négative de la tête.

– Eh bien, alors ?
– Allume la télé ?
– Pourquoi ? Ils vont me donner l'explication ? Tu es pénible ce matin. Je ne suis même pas réveillée…
– Tu te souviens qu'hier soir, tu n'as pas pu regarder ton film sur Netflix parce qu'il y avait une panne de réseau ?
– Oui. Et alors ? Le réseau n'est toujours pas revenu ? Tu me soûles avec tes devinettes...
– Allume la télé et tu le sauras...

Charlène, agacée, s'empare de la télécommande et connecte le téléviseur à proximité.

— J'appuie, mais il n'y a rien qui s'allume.

— Non, s'emporte alors Antonio, rien ne s'allume parce qu'il n'y a plus de courant. Regarde, il n'y a même pas la veilleuse. Il y a une panne d'électricité.

— Tu es allé voir le transfo ? Peut-être qu'il a sauté ?

Antonio inspire profondément, prend sa femme par la main et l'installe dans le fauteuil près de son bureau.

— Écoute-moi bien ! Je vais t'expliquer ce qui se passe. Hier soir, la panne de réseau a interrompu mon interview avec ma candidate américaine, et tu n'as pas pu voir ton film. D'accord ?

— Oui, bien sûr !

— Bien. Ce matin, le réseau est toujours en panne. Et de plus, nous n'avons plus d'électricité dans la maison. Si j'ai sorti mon vieux transistor, c'est tout simplement parce qu'il y a des stations qui fonctionnent sur des groupes électrogènes. C'est le seul moyen d'avoir des informations sur ce qui se passe, parce que la propagation des ondes se fait par voie hertzienne. Et c'est grâce à lui que je suis au courant de ce qui se passe...

– À Castelvetrano ?

– À Castelvetrano, en Italie, en Europe, dans le monde entier. Charlène, écoute-moi bien ! Le réseau internet planétaire a été détruit, tout comme le réseau électrique, à cause d'une tempête solaire gigantesque comme la Terre n'en a jamais connu. Des particules ont interagi avec le champ magnétique terrestre et produit de puissantes fluctuations magnétiques. Voilà où nous en sommes...

– Je ne comprends pas tout, mais est-ce la catastrophe dont tu me parlais ?

– Non, Charlène. La catastrophe c'est qu'on ne sait pas combien de temps cela va durer. Peut-être un mois, six mois, peut-être plus...

– Les hommes ont toujours réussi des exploits techniques donc ça peut aller vite...

Antonio ronge son frein et inspire profondément. Après tout, c'est à lui à ouvrir les yeux de sa femme.

– Je crois que tu ne perçois pas très bien les conséquences à venir. Si internet ne revient pas rapidement dans nos vies, ce sera vraiment catastrophique au niveau mondial. Nous serons contraints de revenir aux anciennes infrastructures depuis longtemps abandonnées. Il faudra beaucoup de temps pour que le monde se réadapte à la vie d'avant. Mais surtout, il y aura un arrêt économique généralisé, des faillites multiples, des millions de chômeurs, des structures publiques incapables de fonctionner, plus de distributeurs bancaires, plus de consultations de comptes en ligne, plus de virements via les ordinateurs, de moins en moins de produits dans les rayons des magasins, plus d'achats possibles de livres, de vêtements, de parfums présentés sur nos écrans par les grandes enseignes, plus de consultations de sources d'informations instantanées quels que soient les domaines. Ce sera la grande pagaille, un désordre mondial indéfinissable, et sans doute des guerres.

– Si internet n'existe plus, il y aura suffisamment de gens intelligents pour le remplacer, non ?

Antonio ferme les yeux, se masse le front puis les tempes. Au bout de quelques secondes, il se redresse et s'adosse à son fauteuil. Il regarde sa femme d'un air attristé, la prend par la main, puis se lève pour l'enlacer. Il pose une main derrière sa tête et l'attire tendrement contre sa poitrine. Ils restent un instant sans bouger. En silence. Puis il la repousse doucement pour plonger ses yeux dans les siens.

– Tu vois, ma chérie, il n'y a pas de si. Internet n'existe plus. Le problème n'est pas de savoir comment le remplacer. Le problème est de savoir comment sauver le monde.

FRANCE
Amiens - 8 h 30

Dans le bus qui les conduit au collège, les élèves ne parlent que de la panne d'internet et c'est à celui qui surenchérira quant à l'horreur qui les attend. Charlie et Justin ne sont pas les derniers sur ce plan-là.

— ... Fini « *Starcraft* » !
— ... et « *Fortnite* » ...
— ... et « *Warsow* », et « *Crossfire* » ...
— Moi, je préfère « *Enemy Territory* » ...
— Ouais, ben de toute façon, c'est foutu aussi pour ça...
— Ouais, les jeux c'est foutu, mais il n'y a pas que ça... Vous avez pensé à la vie sans « *Teen Wolf* » ...
— T'as raison ! Et aussi « *Strangers things* » et « *Sex Education* » ...

— Bon, c'est bon, les mecs ! Vous allez pas nous sortir toutes les séries de Netflix...

— Ah ouais ? Et comment tu comptes envoyer tes messages à tes potes ? Avec un stylo et du papier ?

— Ben, avec les fautes d'orthographes qu'il fait, ils sont pas prêts d'avoir des nouvelles, ses potes...

Fou-rire général.

C'est à cet instant que le bus se range le long du trottoir. Terminus.

Nouvelle journée d'école.

— C'est cool, dit Gary à son frère, avec la panne d'internet, le prof de maths pourra pas nous faire bosser...

— T'as raison, réplique Charlie. Le prof d'histoire-géo non plus...

— Il pourra même pas nous mettre sur les PC...

— Pourquoi ?

— Réfléchis ! Il n'y a pas de jus !

— Ah, purée, t'as raison ! On est presque en vacances, quoi !

En se dirigeant vers le portail qui donne sur la cour, les jeunes remarquent, intrigués, une voiture de gendarmerie stationnée devant le collège. Et à peine dans la cour, quelle n'est pas leur surprise de voir les élèves, toutes classes confondues, regroupés devant l'escalier d'accès aux bâtiments des salles de classe, avec l'ensemble des professeurs qui ont cours ce matin.

Tout en haut de l'escalier, le Principal, les mains derrière le dos avec sa tête des mauvais jours. Et surtout à sa droite et à sa gauche, deux gendarmes... les bras croisés...

Une fois qu'ils se sont rapprochés du groupe, le Principal prend la parole.

— Bien, les derniers élèves viennent d'arriver, donc je peux commencer. Si je vous ai rassemblés ici ce matin, ce n'est pas pour vous annoncer qu'il n'y a plus de réseau internet dans le collège, ni que les ordinateurs ne fonctionnent pas à cause d'une panne générale d'électricité. Ça, j'imagine que tout le monde est au courant. Non, si nous sommes là, c'est pour écouter le Capitaine Bradier et le Sergent Valois, de la gendarmerie d'Amiens, à mes côtés, qui vont vous annoncer une triste nouvelle.

Il se tourne vers Bradier et tend sa main ouverte vers lui pour lui passer la parole.

— Capitaine, c'est à vous...

— Merci, monsieur le Principal. Mesdames, Messieurs, jeunes gens, je dois effectivement vous annoncer une nouvelle peu réjouissante. Je pense que c'est avec beaucoup d'émotion que vous allez apprendre que votre camarade de troisième, Ophélie Simon a été retrouvée noyée dans la Somme.

Des murmures de surprise et d'étonnement s'élèvent du groupe et quelques filles se mettent à pleurer. Le capitaine Bradier poursuit.

— Ce n'est pas un accident. Nous avons toutes les raisons de penser qu'elle s'est suicidée.

Des « Ooooh ! », « Noooon ! » et autres « Mon Dieu ! » s'échappent des murmures qui n'ont jamais cessé. La dernière phrase de Bradier enfonce le clou.

— Et nous savons que l'origine de cet acte est liée à certains comportements sordides d'un élève de sa classe. Peut-être même plusieurs. Nous allons réunir les troisième C pour avoir un entretien très ciblé avec ses camarades.

***

Alors que les élèves des différentes classes enfilent les couloirs obscurs, à cause du manque de lumière, vers leurs salles de cours, Charlie, livide, chuchote à son frère Gary :

– Tu crois qu'elle s'est suicidée à cause de nous ?

– Ça, j'en sais rien. En tout cas, ils ne peuvent pas le savoir.

– Comment tu peux en être sûr ?

– Réfléchis ! Même s'ils ont trouvé son téléphone en bon état, ce qui m'étonnerait, ils ne pourront jamais retrouver les messages qu'on lui a envoyés.

– Pourquoi ?

– Hé, hé ! Tu ne vois pas ?

– Ben non !

– Plus d'internet, mon pote ! Plus de traces dans la mémoire de son téléphone.

– Peut-être que si quand même...

– Mais non, je te dis... Regarde !

Gary sort son téléphone de sa poche et le connecte. Aussitôt apparaît le message :

« **Pas de réseau** »

– Alors ?

– Oui, mais toi, tu es chez Free. Avec les autres fournisseurs...

– C'est la même chose ! C'est une panne

d'internet. Tous ceux qui en dépendent sont out. Et les...

— Bousquet, tu veux ranger ton portable, s'il te plaît, avant que je te le confisque...

Voynet, le professeur de français avec qui ils ont cours normalement à cette première heure, est debout près de la porte d'entrée de la classe par où défilent tous les élèves, les uns derrière les autres. C'est lui qui vient de s'adresser à Gary. En temps normal, ça discute et ça chahute en pénétrant dans la salle, mais la présence des deux gendarmes et du Principal derrière le bureau coupe court à toute intention de bavardages. Intimidé, chacun rejoint sa table et s'assied sur sa chaise en silence.

Charlie est pâle. Il n'est pas le seul. Gary passe une main sous la table et lui pince la cuisse. Son frère sursaute et étouffe un cri de douleur.

— Hé ! T'es con. Qu'est-ce qui te prend ?

— Arrête de trembler ! On risque rien, j'te dis. Ils ont aucune preuve. Si t'arrêtes pas, ils vont se douter de quelque chose...

— Se douter de quoi, chuchote Charlie, épouvanté ?

— Qu'tu fais dans ton froc !

— Hein ? Mais j'fais pas dans...

— J'déconne, le coupe Gary. C'est pour te calmer. Allez, j'te jure, ils ne peuvent rien contre nous, car ils...

La question posée au professeur de français par le Capitaine Bradier l'interrompt.

– Tout le monde est là ?

– Oui, pas d'absents, réplique Voynet en refermant son cahier d'appel.

– Merci.

Il lance un regard volontairement inquisiteur sur la classe. Puis, d'une voix qui paraît plus autoritaire que dans la cour, il s'adresse à tous.

– Bien. Tout d'abord, il faut que je vous montre quelque chose...

Il sort un sachet en plastique d'une sacoche que tient son collègue. À l'intérieur chacun identifie sans difficulté un téléphone portable.

– Ceci est le téléphone d'Ophélie Simon. Nous l'avons trouvé à proximité de l'endroit où son corps a été retrouvé. En temps normal, sans la coupure d'internet, nous aurions eu accès aux données stockées en mémoire. Mais là, impossible...

– *Qu'est-ce que j't'avais dit,* chuchote Gary à Charlie.

— ... Pourtant nous savons, avec certitude, qu'Ophélie subissait un cyberharcèlement depuis un certain temps et que son, ou ses harceleurs sont parmi vous.

Les élèves se dévisagent les uns les autres, sidérés, comme s'ils pouvaient, d'un simple regard, les identifier. Charlie baisse la tête, comme s'il sentait le poids de la suspicion peser sur ses épaules.

— Alors, bien sûr, vous vous demandez comment, avec cette panne d'internet, il nous est possible d'affirmer cela... Je vais vous le dire. Comme je vous l'ai expliqué, aucune donnée en mémoire n'est consultable sur son téléphone. Mais juste avant de se jeter à l'eau, Ophélie a envoyé un message à sa mère qui l'a reçu le soir même qui a précédé la panne. Elle est venue nous en faire part à la gendarmerie aussitôt. Nous avons eu le temps de l'imprimer. Et je vais maintenant vous le lire.

Le sergent Valois sort un dossier de la sacoche qu'il pose sur le bureau, l'ouvre et saisit une feuille qu'il tend au capitaine. Celui-ci regarde un instant tous les élèves de la classe, conscient que ce suspense risque de mettre une pression qui peut lui être favorable.

Tout du moins l'espère-t-il.

Il regarde en silence les quelques lignes qu'il a sous les yeux.

Toussote dans son poing fermé.

Commence la lecture.

« *Maman,*
J'ai peur. Je suis fatiguée. Depuis des semaines, je reçois des messages horribles d'élèves de ma classe. On ne pourra jamais savoir qui c'est. Ils utilisent un pseudo. J'en peux plus... »

Le capitaine Bradier marque une pause.

Afin que les mots s'incrustent profondément dans les esprits.

Puis poursuit.

« *... Personne ne peut m'aider. Personne ne peut me délivrer de ces horreurs. J'en peux plus. Pardon, Maman. Je t'aime.* »

Aux visages déconfits des élèves, le capitaine Bradier sait que les mots ont fait mouche.

Ont touché les âmes.

Certains ont des larmes qui coulent sur les joues qu'ils essuient d'un revers de manche. Il doit profiter de leur ébranlement psychologique.

– Vous allez sortir dans le couloir et nous allons vous faire entrer un par un pour savoir ce que chacun pense de ce drame.

Puis il s'adresse au professeur de français.

— Pourrez-vous rester avec eux, s'il vous plaît, et les faire entrer par ordre alphabétique ?

— Bien sûr, répond Voynet.

— Merci. Vous pouvez les faire sortir... Nous vous préviendrons.

L'enseignant acquiesce de la tête et se dirige vers la porte de la classe pour l'ouvrir, son cahier d'appel à la main. C'est le signal. Les élèves se lèvent et, en silence, rejoignent le couloir. Le dernier à peine sorti, la porte est refermée, laissant aux imaginations fertiles le soin d'élaborer des scénarios plus ou moins mystérieux que le Principal du collège et les deux officiers de gendarmerie, comme des vampires prêts à entrer en action, sont sans doute en train de préparer.

Regroupés dans une semi-obscurité, les commentaires à voix basse vont bon train. La porte s'ouvre à nouveau, coupant court à tous les murmures. La silhouette du Principal apparaît dans l'encadrement, ombre insondable se détachant sur les fenêtres de la salle sur fond de lumière extérieure.

— Faites entrer le premier, s'il vous plaît !

Voynet regarde son cahier et appelle le premier de la liste.

– Alibert !

L'élève sort du groupe et franchit la porte en passant devant le Principal qui la referme derrière lui.

Charlie s'approche de son frère Gary et chuchote à son oreille :

– Putain, le prochain c'est moi sur la liste !
– Et alors ? Tu ne risques rien je t'ai dit.
– J'm'en fous, j'ai la trouille !
– Arrête maintenant ! Si tu continues à te comporter comme une gonzesse, tu vas te faire baiser...

Et de ponctuer sa trouvaille à double sens d'un pouffement de rire qu'il a du mal à maîtriser. Voynet le remarque et intervient sévèrement.
– Bousquet ! Une camarade de classe vient de mourir et ça te fait rire ? Un peu de décence, je te prie...
– Oui, M'sieur ! Excusez-moi ! C'est mes nerfs qui doivent lâcher...
– Et tu te fiches de moi, en plus ! Cesse de me prendre pour un imbécile ! Je te prie de respecter la

mémoire d'Ophélie.

– Oui, M'sieur ! admet Gary en baissant la tête.

Les discussions à voix basse reprennent de plus belle dans le groupe, chacun confrontant aux autres ses suppositions sur ce qui doit se passer dans la salle de classe face aux deux officiers de gendarmerie. Car ce sont bien eux qui les effraient le plus. Ils sont là pour trouver des coupables. Et la vérité se met à circuler dans le groupe : ce suicide c'est **UN MEURTRE** et de l'autre côté, les flics mènent **L'ENQUÊTE**. À prononcer ces mots terribles, les gorges se nouent, les ventres se tordent, les bouches manquent de salive.

Un surveillant apparaît au bout du couloir et rejoint l'enseignant de français.

– Bonjour, Monsieur Voynet. Nous avons reçu un coup de fil du Principal. Il m'a demandé de conduire les élèves qui sortiront de cette classe en salle d'étude sans qu'il y ait le moindre échange avec les autres.

– Je comprends. Le...

À cet instant, la porte s'ouvre et la silhouette du Principal apparaît à nouveau dans l'encadrement. Il repère le surveillant vers qui il dirige l'élève qui était à l'intérieur.

– Merci de le conduire en salle d'études dont il ne devra pas sortir, tout comme les autres, avant que je ne les y autorise. Revenez ensuite attendre le suivant !

– Oui, Monsieur.

Alors que le surveillant s'éloigne avec l'élève sans qu'il adresse le moindre mot à ses camarades, le Principal demande à l'enseignant d'envoyer un autre élève. Celui-ci ouvre son cahier, consulte sa liste et nomme le second.

– Bousquet ! D'abord Charlie. Gary tu seras le suivant.

Après un regard rapide et inquiet jeté à son frère qui l'encourage d'un clin d'œil, timidement, Charlie avance vers le Principal, passe devant lui. Encore deux pas et il entend la porte se refermer derrière lui. Ça y est. Il est au tribunal. L'idée lui est venue comme ça. Sans doute les deux gendarmes assis au bureau en sont-ils à l'origine...

– Viens, approche ! N'aie pas peur ! Assieds-toi !

Charlie s'exécute et prend place à la table du

premier rang, juste devant le bureau qui, surélevé sur l'estrade, lui paraît énorme de l'endroit où il se trouve.

– Tu t'appelles comment ?

– Bousquet. Cha... Charlie Bousquet.

– Tu es en troisième C ?

– Euh... oui.

– Tu connaissais bien Ophélie Simon ?

– Heu... Oph... Oui, oui, comme... comme tout le monde de la classe.

– As-tu remarqué quelque chose de particulier dans son comportement ces derniers temps ?

– De... de particulier ? Qu'est-ce que vous... vous voulez dire ?

– Un comportement étrange, bizarre, différent...

– Heu... n... non.

– Bien. Tiens, prends cette feuille et lis-nous ce qui est écrit à haute voix !...

Charlie saisit la feuille que l'officier lui tend et la pose sur la table devant lui. Lorsqu'il comprend qu'il s'agit du message qu'Ophélie a envoyé à sa mère avant de se jeter à l'eau, un frisson d'effroi lui parcourt la colonne vertébrale. Il a peur. Il tremble. Le capitaine s'en aperçoit et décide d'aller plus loin.

— Tu peux me lire ce message ?

— Que... mais... mais vous... vous le co... connaissez. C'est... vous qui... c'est vous qui nous l'avez lu...

— Je sais, mais j'aimerais que tu me le lises... Tu veux bien ?

Charlie sent qu'il ne peut se défiler.

Il baisse les yeux sur le texte imprimé.

Déchiffre les premiers mots

Sa tête tourne.

Maman,

J'ai peur. Je suis fatiguée. Depuis des semaines, je reçois des messages horribles d'élèves de ma classe...

Il sent que des larmes perlent à ses yeux et il fournit un effort surhumain pour qu'elles ne débordent pas.

— J'aimerais que tu me lises ce message à haute voix, s'il te plaît...

Je dois l'faire... je dois l'faire... sinon, j'suis foutu...

Charlie inspire profondément et il pense qu'il est prêt.

— Maman... Je... J'ai peur... Je... suis fatiguée...

Ce gamin n'est pas clair, songe l'officier, *il cache quelque chose...*

— ... De... depuis des semaines, je... je reçois... des... des...

Je dois en être sûr. Il faut qu'il lise encore. On dirait qu'il craint les mots.

— Continue, s'il te plaît !...
— ... Je... reçois... des... des me... des messages... ho... ho...

Incapable de prononcer le mot « *horribles* », Charlie s'effondre dans ses bras posés sur la table. Ses sanglots semblent ne jamais pouvoir s'arrêter. Le capitaine se lève du bureau, descend de l'estrade et vient se positionner à côté de Charlie.
Il lui met une main sur l'épaule.
Sans un mot.
Juste attendre que le gamin se calme.

Au bout de quelques minutes, les sanglots s'estompent. D'une voix douce et conciliante, le capitaine formule une phrase toute simple et sans équivoque.
— Maintenant, tu peux nous l'avouer... C'est

toi qui envoyais des messages à Ophélie ?

Charlie se redresse brusquement. Son visage est trempé de larmes et de morve qui lui pend du nez.

– Nooooon ! C'est pas moi. C'est mon frère... C'est Gary...

FRANCE
Perpignan - 8 h 30

— Oh, non !

— Quoi encore ?

— On doit appeler Sophie aujourd'hui, c'est son anniversaire. Tu crois qu'on peut la joindre à Calgary ?

Pascal prend son téléphone et le connecte. Il cherche le numéro de sa fille dans ses contacts, et lance l'appel dès qu'il le trouve.

— Non. J'ai un signal comme si c'était occupé...

— Ça l'est peut-être...

— Non, le signal est arrivé tout de suite. Pas de connexion.

— Qu'est-ce qu'elle va dire si on ne l'appelle pas ?

— On lui dira qu'on a eu une panne de réseau.

— Et comment tu vas lui dire, s'il y a une panne de réseau.

— J'en sais rien, moi. Qu'est-ce qu'elle a eu besoin de s'expatrier au Canada aussi...

— Ben, figure-toi qu'elle s'est mariée...

— Ouais, je sais. Je dis ça parce que je suis énervé... Pas de téléphone ! Pas de réseau ! L'amende !...

— Et au fait... Comment tu vas la payer ?

— Oh, n'en rajoute pas, s'il te plaît ! Comment on faisait avant ? J'enverrai un chèque par courrier, et puis c'est tout. J'ai quinze jours pour le faire.

— Tu vas quand même le faire aujourd'hui ?

— Mais oui, je vais le faire aujourd'hui... Tu as un timbre ?

— Ben non. Plus personne n'en utilise aujourd'hui...

— Alors, il va falloir que je passe à la Poste en acheter... Je ne sais pas combien de temps va durer la panne d'internet, mais il y a de fortes chances pour que les gens se remettent à écrire des lettres. Et là, crois-moi, tout le monde aura des timbres chez soi...

FRANCE
Autoroute A10 - 8 h 30

Tiago Santos n'a jamais vu une telle circulation la nuit : deux heures pour parvenir à Châtellerault autant pour atteindre Poitiers, et après quatre heures au rythme d'un escargot, il se trouve bloqué à proximité de Saintes.

Depuis l'épisode de Tours, il suit attentivement les informations continues sur France Info, qui, heureusement, a la possibilité de diffuser ses informations en continu. C'est à cet instant qu'une bombe incroyable le sidère : la plupart des autoroutes françaises sont saturées. Le bouchon de Saintes dans lequel il est paralysé sur l'A10 est causé par un engorgement de la rocade de Bordeaux...

Que ? Mas estamos a cento e vinte quilômetros de

distância! Não é possível ! Normalmente cruzar Bordeaux, é uma merda, mas hoje é completamente louco...[5]

Agacé, il pense qu'à ce rythme-là, il sera à Porto dans un mois. Il doit absolument prévenir Faustina. Sans aucune illusion, il saisit son téléphone et allume l'écran. On ne sait jamais... Il lance le numéro d'appel affiché en permanence. Toujours le même signal... *bip... bip... bip...*

Tiago regarde le portable en soupirant.
Éteint l'écran.

Excelente! Minha semana de folga começou bem[6]

---

[5] Quoi ? Mais nous sommes à cent vingt kilomètres ! Ce n'est pas possible ! D'habitude traverser Bordeaux, ça craint, mais aujourd'hui c'est complètement dingue....
[6] Génial ! Ma semaine de repos commence bien...

FRANCE
Paris - 8 h 30

Martial Bergot et Michel Henry ne sont plus seuls. Après la nuit de veille à relancer les écrans sur groupes électrogènes de secours, l'équipe est au complet. Une vingtaine de personnes au total sont en réunion de crise. Gérald Seibert, le responsable du poste de contrôle « Lutèce » résume la situation.

— Merci à Martial et Michel de leur réactivité. Bon, le problème est clair. Plus d'internet, plus de courant, impossible de gérer les flux engorgés des véhicules par notre réseau qui, de toute façon ce matin, fonctionne au ralenti. Les rames de métro sont à l'arrêt. Les bus de la RATP sont bloqués dans la circulation. Ce qui signifie qu'aujourd'hui, nous avons dix millions de personnes sans moyens de transport. Certains ont dû prendre leur voiture personnelle pour se rendre à leur travail. Même si on tient compte du covoiturage, ça signifie que Paris se retrouve sans doute avec plus d'un, voire deux millions de véhicules supplémentaires sur le réseau routier. Inutile de vous préciser que même avec les feux qui fonctionnent ce matin sur les groupes de secours, c'est le bordel ! Le...

Quelqu'un frappe à la porte de la salle de réunion qui s'ouvre aussitôt sur le secrétaire de Gérald Seibert.

— Excusez-moi, Monsieur !

— Quoi ? Vous ne voyez pas que nous sommes en réunion de crise ? J'ai dit que je ne voulais pas être dérangé...

— Oui, je sais, Monsieur. Mais le directeur de cabinet du ministre de l'Intérieur est dans votre bureau...

— Comment ?

— Il n'a pas pu vous joindre par téléphone.

— Bon, Martial, poursuivez sans moi. L'objectif de la matinée : trouver des solutions alternatives au cas où ces pannes perdurent.

Gérald Seibert se lève et quitte le bureau à grands pas. Dans le couloir qui mène à son bureau, éclairé par des veilleuses de secours, passablement inquiet, Gérald Seibert interroge son secrétaire qui est venu le chercher.

— Il vous a dit ce qu'il voulait ?

— Non, juste qu'il était urgent qu'il vous rencontre.

— S'il est venu jusqu'ici, je m'en doute...

Parvenu à son bureau, il entre directement et se dirige vers le directeur de cabinet assis dans un fauteuil. Celui-ci se lève aussitôt pour serrer la main de Gérald Seibert.

— Bonjour monsieur Seibert.

— Bonjour monsieur le directeur.

— Pardonnez-moi cette visite inopinée, mais la situation...

— Je comprends. Que puis-je pour vous ?

— Le ministre de l'Intérieur a eu un entretien à l'Élysée avec le Président de la République qui s'inquiète beaucoup du blocage de circulation dans Paris. Il est bien sûr au courant que les pannes de réseau internet et d'électricité sont dues à cette fameuse tempête solaire et que votre service de gestion des feux n'est en rien responsable de la situation.

— Je lui en sais gré.

— En revanche, Paris, aux yeux du monde, ne peut rester avec une telle paralysie intra-muros. Aussi vous donne-t-il carte blanche pour résoudre au plus vite ce problème.

— Mais...

— Et bien sûr, vous pouvez compter sur les forces de police et même si besoin de l'armée pour décongestionner les boulevards, les avenues, les rues et même les...

— Excusez-moi de vous interrompre, mais ce n'est pas avec une telle mobilisation que le problème sera résolu.

— Je répète, le Président vous donne carte blanche. De plus, je n'ai pas dit qu'il FALLAIT utiliser systématiquement les forces de police et l'armée. J'ai dit que vous POUVIEZ COMPTER dessus si besoin. Vous êtes prêt à relever le défi ?

Gérald Seibert sent la pression monter et le piège se refermer doucement sur lui. Presque inconsciemment, il acquiesce d'un bref hochement de tête.

— Parfait. Je vais immédiatement faire part au ministre de votre acceptation de la mission. Il pourra en référer au Président. Je vous laisse, ajoute-t-il en lui tendant la main, notre temps est précieux en de telles circonstances.

Gérard Seibert ne peut faire autrement que de la lui serrer, et comme le Directeur de cabinet se dirige vers la porte, il le raccompagne.

– Encore merci d'avoir accepté. Le Président vous en sera reconnaissant. Au revoir et bon courage !

Alors qu'il s'éloigne dans le couloir, il s'immobilise soudain, l'index levé. Il se retourne et ajoute :

– Ah oui, j'oubliais... La circulation doit être redevenue normale sous sept jours. Bien sûr, c'est plus qu'il ne vous faut... J'ai laissé ma carte à votre secrétaire. Il y a mon téléphone. Ah, mince ! Plus de téléphone, c'est vrai... Bon, vous savez où se trouve le ministère de l'Intérieur... Tenez-moi au courant de l'évolution !

Et de s'éloigner avec un geste de la main pour clore la discussion. Gérald Seibert revient dans son bureau dans lequel se trouve toujours son secrétaire, se laisse tomber dans son fauteuil et imite le Directeur en minaudant.

– *La circulation doit être revenue à la normale sous sept jours...* nananère. Quel con !
– Lui n'y est sûrement pour rien, tente de le

calmer le secrétaire. L'ordre vient d'en haut...

– Mais bien sûr, vous avez raison, l'ordre vient d'en haut, lâche Seibert énervé en haussant le ton. Tous ces connards de politiciens ne pensent qu'à leur réélection. Les problèmes sont pour la base. Et nous en faisons partie.

– Comment comptez-vous vous y prendre ?

– Alors, là, je n'en sais foutre rien... Bon, vous allez convoquer tous les responsables techniques du réseau Lutèce à 10 h pour une réunion d'urgence. Il est temps que je les informe du défi que nous avons à relever maintenant.

USA
New-York - 2 h 30

Jamais Wall Street n'a été aussi animée que lors de cette nuit d'angoisse. Les traders, en bras de chemise, cols ouverts, se bousculent, passent d'un bureau à l'autre, d'un écran mural désespérément éteint à un ordinateur incurablement déconnecté, et le tout dans une ambiance semi-obscure où virevoltent des lampes de téléphones portables. Jamais le New York Stock Exchange n'a connu un tel chaos : plus aucune connexion avec une quelconque bourse mondiale ! Une question cruciale court sur toutes les lèvres : comment vont se comporter les cours ?

Tous les informaticiens sont sollicités, agressés en permanence et chacun tente d'expliquer que la situation est au-delà de leurs compétences, que la panne de réseau est mondiale, que la tempête solaire a simplement tout stoppé net, y compris l'électricité. Impossible de proposer le moindre calcul, la moindre simulation. Les ordinateurs sont inutilisables.

C'est seulement vers 6 h 00 que Russel Mc Ferry et ses collègues, petit à petit, admettent qu'il leur sera impossible de travailler tant que le courant et internet ne seront pas revenus.

Les uns après les autres, ils quittent les locaux de Wall Street pour aller dormir quelques heures, avec l'espoir qu'à leur réveil tout cela n'aura été qu'un vulgaire cauchemar et que toutes les liaisons boursières seront rétablies.

***

Sur la cinquième avenue, Russel Mc Ferry regarde en contreplongée son building s'élancer vers le ciel dans les premières teintes du soleil levant. Jamais il n'aurait imaginé, il y a cinq ans lorsqu'il a acheté son appartement, qu'un jour il devrait grimper les quarante-cinq étages à pied par l'escalier de secours.

UN MOIS
PLUS TARD

FRANCE
Paris – 19h50

Sur le toit d'un immeuble de la rue Didot à Paris, René est peu rassuré, un talkie-walkie dans une main et l'autre agrippée au mât du râteau qu'il a réussi à se procurer au marché noir à Barbès et qu'il a fixé tant bien que mal sur la cheminée collective. Jamais il n'aurait pensé qu'un jour il devrait installer une antenne de télévision à l'ancienne. Mais aujourd'hui, il n'a pas le choix, puisque le courant est revenu.

Dans un des appartements, quelques étages en dessous, une dizaine de propriétaires sont rassemblés devant un écran de télévision commun qu'ils fixent avec attention. La réception des images de publicités est mauvaise.

Francine, la femme de René, appuie sur le commutateur de son talkie-walkie qui lui permet d'être en contact avec son mari.

— C'est pas bon, les images tremblent...

— *... et là ?* répond la voix de René.

— Tourne voir encore légèrement l'antenne !... Stop...

— *C'est bon ?*

— Ah, zut ! L'image est nette, mais elle saute maintenant...

— *Comment ça elle saute ?*

— Elle clignote, quoi ! Un coup on la voit, et puis hop ! elle disparaît une demi-seconde, puis elle revient...

— *Attends, j'essaye un truc... Et comme ça ?*

— Oui, là, c'est bon. Ne touche plus rien ! Tu peux redescendre. Ça commence dans cinq minutes. Fais attention de ne pas tomber !...

— *T'inquiète ! J'arrive...*

Heureux de quitter son promontoire sur lequel il n'était pas très à l'aise, avec précaution, René se dirige vers le velux ouvert, se glisse à l'intérieur et pose ses pieds sur un escabeau tenu par un de ses voisins. Une fois qu'il le rejoint sur le parquet du couloir, il expire un souffle court de soulagement.

— Allez, on y va ! Ça fonctionne. Ça va commencer dans quelques minutes...

France
TF1 - France 2 - France 3
France 5 - BFM TV - LCI -
ARTE - France Info
20 h 00
ÉDITION SPÉCIALE

Alors que le générique du journal est diffusé en VHF bande III au standard 819 lignes sur les écrans des télévisions du pays raccordées à des antennes de toit comme au XXe siècle, Alexandre Maury, présentateur choisi à l'unanimité par tous les responsables de chaînes, est en attente d'antenne, assis à un bureau circulaire.

Dès que le générique est terminé, il prend la parole.

– *Madame, Monsieur, bonsoir ! La situation que nous vivons maintenant depuis un mois s'est encore aggravée. Pour faire le point ce soir nous avons quatre invités que je vous présente maintenant. Tout d'abord, à ma droite, Michel Martinelli, secrétaire d'État en charge du numérique, à ses côtés, Jérôme Pelletier, ministre de l'Action et des Comptes publics, qui feront dans quelques instants le point sur la situation économique actuelle. Puis en face de nous, Daniel Lehmann, responsable des systèmes d'information et ingénieur informaticien à l'Institut de Hautes Technologies numériques nous donnera sa vision de l'avenir pour chacun d'entre nous. Et enfin, Martial Riesmeyer, docteur en neurosciences, psychologue et psychothérapeute au centre de psychologie et de psychothérapie de Paris, nous expliquera les conséquences sur le comportement de la plupart de nos concitoyens. Merci messieurs, d'avoir accepté notre invitation. Pour commencer, monsieur le ministre, je crois que vous avez des informations importantes sur les incidences économiques de ce que chacun maintenant appelle communément « la panne » ...*

– Merci monsieur Maury. Oui, effectivement, nous pouvons parler de situation de crise exceptionnelle. Le secteur de la vente en ligne a dépassé les 129 milliards l'an passé. Le dernier mois, aucune vente n'a été possible à la suite de « la panne ». Ce qui a entraîné la fermeture de deux cents plateformes de e-commerce en France, mais pas seulement. Les GAFAM, à savoir Google, Amazon, Facebook, Apple et Microsoft, ont licencié au total plus d'un million et demi de salariés dans le monde. Nous pouvons parler de catastrophe économique mondiale.

– Excusez-moi de vous interrompre, mais pensez-vous que ces licenciements soient temporaires ou définitifs ?

– Tant que durera « la panne », la situation ne

pourra pas évoluer. Et au-delà des licenciements, ces entreprises mondiales font faillite. Les cours et les fortunes s'effondrent. C'est une perte de revenus combinés de près de 440 milliards de dollars. Mais au-delà des GAFAM, le courrier électronique était primordial pour les affaires dans le monde entier. La fin de l'internet a sonné l'arrêt brutal de la productivité à grande échelle.

– Au-delà de ce drame économique mondial, quelles sont les conséquences pour l'humanité sans l'internet ? Monsieur Martinelli ?

– Selon les dernières estimations, quasiment cinq milliards de personnes sont connectées. Ce qui signifie que trois milliards ne le sont pas. Mais, malgré tout, elles en subiront les conséquences, puisque les modes de vie de l'ensemble de la planète sont liés au numérique sur trois axes fondamentaux. Un, sur le plan commercial par la perte du commerce en ligne, mais pas seulement. Sans accès à internet, entre les aéroports, les avions, les navires, les trains et les entreprises de camionnage, le suivi des marchandises doit se faire via papier. Donc augmentation de la valeur marchande des produits transportés due aux difficultés de livraisons en magasins. Deux, sur le plan financier. Toutes les données bancaires étaient stockées sur des serveurs, donc tout le système bancaire est remis en question. Et enfin trois, dans le domaine de la communication. Avant « la panne », selon l'entreprise américaine Cumulus Media, en une minute, 187 millions de courriels étaient envoyés, 481.000 tweets postés, 38 millions de messages

envoyés par WhatsApp, 4 millions de requêtes effectuées sur Google et un million de connexions étaient enregistrés sur Facebook. Je vous laisse imaginer le désarroi et la panique des cinq milliards d'internautes qui vont être obligés de revenir au fax. Donc oui, c'est un drame planétaire, y compris, avec moins d'incidences, pour les personnes non connectées.

– Et peut-on savoir combien de temps va durer « la panne » ?

– Je pense qu'à l'heure actuelle, personne n'est capable de le dire. Monsieur Lehmann ne devrait pas me contredire...

– Monsieur Lehmann ?

– Oui, effectivement. Notre institut d'étude est en relation constante par radio avec toutes les plateformes techniques informatiques du monde, et notamment avec l'observatoire astronomique National Américain de Kitt Peak en Arizona qui a été le premier à identifier la tempête solaire qui a tout déclenché. À l'heure actuelle, rien ne dit que les vents solaires propulseurs de particules magnétiques à l'origine de « la panne » vont disparaître ou tout du moins s'apaiser. Et tant que leur action se poursuivra, il n'y aura plus de réseau internet à l'échelle de la planète. Cela peut durer trois mois, six mois, un an ou peut-être davantage.

– Si je vous ai bien compris, cette crise due au non-fonctionnement de l'internet risque de s'amplifier tant que durera « la panne ».

– Oui, tout à fait !

– Merci, monsieur Lehmann, pour ces précisions. Je vais maintenant passer la parole au docteur Riesmeyer. Alors Docteur, selon vous, quelles vont être les conséquences sur la société et sur le comportement des internautes privés de connexion ?

– Pardonnez-moi, monsieur Maury, vous pouvez parler au présent sur ces points, car les conséquences sont déjà là. Tant pour la société que pour les internautes amputés de l'outil de communication principal de leur vie, comme vient de l'expliquer monsieur Martinelli. Sur le plan social, je partage son point de vue, tout est à reconstruire : la vente de proximité a déjà repris du service, les cartes bancaires sont devenues obsolètes, donc tout achat doit se régler en liquide ou par chèque, ce qui implique que tout le système bancaire doit se remettre en question, voire revenir à un ancien fonctionnement. Les réseaux sociaux vont laisser place aux rencontres réelles, plus de téléchargements de livres numériques, retour aux bibliothèques, aux dictionnaires et aux encyclopédies pour la moindre recherche. C'est tout simplement un retour en arrière qui se profile déjà.

– Le monde est-il prêt à ce rétropédalage, et plus précisément, sommes-nous prêts, en France, à tout abandonner et retrouver le mode de vie d'il y a deux ou trois décennies ?

– Il n'y a pas d'abandon. Un abandon est un acte volontaire. Là, nous sommes au pied du mur. Le couperet est tombé : le monde numérique, l'information spontanée, le partage instantané de photos, l'envoi de

messages avec critiques fondées ou pas, tout cela a disparu de notre vie. Les réseaux sociaux sont morts, entraînant, comme l'a dit monsieur le ministre, des licenciements à grande échelle qui, de toute évidence, vont plonger les travailleurs sans emplois dans des problèmes psychologiques graves.

– Justement, puisque vous parlez de problèmes psychologiques, avez-vous déjà eu, au cours de ce premier mois, à traiter des personnes qui souffraient de troubles dus à la suppression de l'internet dans leur vie ?

– Monsieur Maury, votre question est pertinente et malheureusement, oui, les cas de troubles psychiques chez les jeunes et les moins jeunes se multiplient de jour en jour. Tous sombrent dans une dépression plus ou moins importante, mais parfaitement compréhensible. Le monde dans lequel ils ont évolué depuis leur enfance s'est écroulé d'un seul coup : plus de contacts avec les « amis », plus d'échanges, plus de messages à lire au réveil le matin, plus de films à regarder ou de musiques à télécharger sur un ordinateur ou un smartphone, plus de jeux vidéo en ligne avec les copains. Adieu YouTube, Wikipédia, Instagram, TikTok, Snapchat... Même dans l'enseignement où les recherches sur l'internet étaient incontournables... Depuis « la panne », la vie leur paraît vide. Ils se sentent isolés du monde. Perdus. Nous avons d'ailleurs mis en place des programmes thérapeutiques d'envergure, après que deux de nos jeunes patients se sont suicidés. Non, sincèrement l'avenir n'est pas rose.

Pourtant les jeunes, les adultes et même les personnes âgées vont devoir se préparer à un apprentissage de ce rétropédalage comme vous l'annonciez dans l'une de vos questions précédentes.

– Justement, monsieur le ministre, pouvez-vous nous dire aujourd'hui si le gouvernement envisage des solutions alternatives ?

– Tout à fait. Le Président a chargé chaque membre du gouvernement d'étudier les conséquences de « la panne » dans son secteur ministériel. Chaque administration doit établir un dossier-bilan avec les solutions possibles pour toutes les incidences liées à la suppression d'internet. Lorsque tous les dossiers seront remontés, les directeurs de cabinet de l'Élysée feront une synthèse qui aboutira à un manuel de référence censé aider les Français à pallier l'absence d'internet. C'est le Président lui-même qui l'annoncera dans une allocution télévisée spéciale.

– Et ne pensez-vous pas que, comme le suggèrent certains observateurs, cette situation peut engendrer des conflits ?

– Si vous pensez à une guerre mondiale, il faut tenir compte de ce que va entraîner la perte des réseaux sociaux. Je vais d'ailleurs, sur cette question spécifique, citer Laura Sibony, diplômée de Sciences Po, la Sorbonne et HEC, qui a écrit un article à ce sujet dans « Revue Défense Nationale » : « ***Les réseaux sociaux présentent de graves risques militaires, en facilitant la fuite, volontaire ou non, d'informations***

confidentielles, en multipliant les menaces d'infiltration, en offrant un potentiel viral aux messages nuisibles à l'image des armées. Ils sont, malgré tout, indispensables pour les relations publiques du ministère de la Défense, en permettant un contact direct et incarné avec ses interlocuteurs, sans la médiation des journalistes ni le biais générationnel des modes de recrutement et de communication classiques. Ils permettent aussi aux militaires de se renseigner en temps réel sur des réseaux comme Twitter, *plus réactifs et plus proches du terrain que l'*Agence France Presse. *Cette prégnance des réseaux sociaux ne remet pas seulement en cause l'arbitrage désormais classique entre nécessité de communication et exigence de sécurité, elle va jusqu'à redéfinir les rapports humains, les attentes et les conceptions de la vie en société, et transforme ainsi la guerre, telle qu'elle est perçue, vécue et pensée. »* Voilà le constat qu'avait établi Laura Sibony à la suite du record de Facebook le 24 août 2015 avec un milliard de connexions. Or, le fait qu'internet ait disparu efface tout ce que les réseaux sociaux avaient tissé en termes d'espionnage virtuel. Les cartes sont redistribuées. La fin de toute communication entraîne pour les États des coûts économiques énormes.

– Vous pouvez nous expliquer pourquoi les États subissent ces coûts économiques ?

– Oui, bien sûr ! Quand tout s'arrête, les économies nationales sont les premières touchées. Je vais *prendre un exemple. En 2001, à cause des attaques du 11 septembre, le commerce de Wall Street a fermé, les vols internationaux ont été coupés dans une grande partie du monde pendant environ une semaine. Les pertes alors sur cette période ont été évaluées à 120 milliards de dollars. Alors je vous laisse imaginer le manque à gagner pour les États à la suite de la coupure d'internet sur plusieurs mois, voire plusieurs années. La course au profit étatique selon des moyens et procédés du XXe siècle peut engendrer des conflits armés entre nations. Je n'irai pas jusqu'à parler de guerre mondiale. Seul l'avenir nous le dira.*

– Eh bien, messieurs je vous remercie d'avoir participé à cette édition spéciale multi chaines de télévision. Chacune d'entre elles reprendra ses programmes sur sa fréquence annoncée dans les quotidiens régionaux qui, pour la plupart, sont déjà revenus au format d'impression hors numérique.

La caméra cadre le journaliste en gros plan.

– Madame, monsieur, nous vous souhaitons une bonne soirée.

Générique.

LA PANNE
FIN
... ou début ?

Les rideaux se ferment sur l'écran de cinéma. Les plafonniers s'allument et inondent la salle d'une lumière soudain inquiétante. Le public hétérogène est complètement hébété. Pas un commentaire, pas un seul applaudissement. Les spectateurs se demandent alors s'ils ont visionné un documentaire réel, s'ils sortent d'un cauchemar ou s'il s'agissait d'un film d'anticipation, tant les images qu'ils viennent de voir les ont secoués.

Deux techniciens installent trois fauteuils et des micros sur scène, face au public. Dès qu'ils retournent en coulisse, trois hommes font leur entrée et viennent s'installer dans les fauteuils. Michel Tessier, l'animateur qui avait présenté la séance en introduction, prend la parole.

– Vu le silence général et les interrogations que je lis dans vos regards, je ne doute pas une seule seconde de l'impact des images que vous venez de voir.

Il se tourne vers son voisin de droite.

– Permettez-moi de vous présenter Alexis Meyer, le réalisateur du film « La panne » qui vient d'être projeté.

La salle explose sous les applaudissements

nourris du public. Michel Tessier attend que le silence revienne, puis poursuit.

— Alexis, vous pouvez nous expliquer comment vous est venue l'idée de ce scénario incroyable ?

— Oui, bien sûr. Bonsoir tout le monde, et merci pour votre réaction qui me touche sincèrement. L'idée de base vient d'une observation personnelle de plusieurs situations. La première, j'étais au restaurant avec des amis, et pas très loin de nous, un couple dînait en tête à tête. Tout au long du repas, l'homme et la femme ne se sont pas adressé la parole. Ils ont mangé les plats qu'ils avaient commandés, les yeux rivés en permanence sur leur smartphone. J'ai trouvé cela hallucinant. La seconde situation, c'est une panne de réseau chez moi. Elle a duré deux jours, le temps qu'un technicien vienne en trouver l'origine, et change finalement ma box. Et c'est pendant ces deux jours que je me suis rendu compte de mon addiction : plus de lecture de mails, plus d'échanges avec mes amis, avec mon équipe de tournage. Plus de réponses immédiates à mes recherches via Google. Et c'est là que je me suis interrogé. Si un jour, une panne mondiale d'internet nous tombait dessus, quels drames cela allait-il entraîner ? Et puis un troisième fait est venu s'ajouter à mon questionnement. J'ai lu un fait divers qui m'a marqué. Une collégienne s'est suicidée à la suite de harcèlements par messages anonymes sur son téléphone. J'ai d'ailleurs intégré cet événement dramatique dans le film comme vous avez pu le découvrir. Après ces constats, j'ai contacté le docteur Philippe Verpoort ici présent, et c'est lui qui a finalisé le scénario de cette fiction.

– Donc, enchaîne Michel Tessier, tous les personnages de votre film sont des acteurs ?

– Tout à fait, du plus jeune au plus ancien, des collégiens au ministre, en passant par les scientifiques du Centre d'Observation d'Astronomie d'Arizona, les journalistes télé, le conducteur portugais ou le couple en voyage en Israël, tous sont des acteurs professionnels, ou ont été repérés pour les plus jeunes lors de casting.

– Quel était votre objectif principal en réalisant ce film ?

– Attirer l'attention sur nos addictions liées à internet. Si un jour prochain, une panne de cette ampleur tombait sur la planète, quels comportements chacun serait-il contraint d'adopter ? Revenir en arrière est-il à la portée de tout le monde ? Est-ce que la catastrophe économique qui en découlerait, comme nous l'avons suggérée dans le film, permettrait à la société et aux entreprises de rebondir ? Est-ce que les pratiques individuelles se tourneraient vers celles du passé ? Pour être clair, notre objectif était de faire prendre conscience à tous à quel point nous sommes sous l'emprise d'internet avec les drames individuels et collectifs qu'une panne engendrerait.

— Je vous remercie pour cet éclairage personnel, et je vais passer maintenant la parole à mon deuxième invité, le docteur Philippe Verpoort, neuropsychologue avec lequel vous avez travaillé pour élaborer votre scénario. Alors Docteur Verpoort, au-delà de ce scénario auquel vous avez contribué, quelles ont été vos motivations ?

— Bonsoir tout le monde. Eh bien, à vrai dire, mon partenariat avec Alexis Meyer m'a permis de rassembler toutes les théories liées aux comportements addictifs d'internet. De nombreux cas que j'ai rencontrés chez mes patients m'ont conduit au-delà de ces problèmes, puisqu'avec Alexis nous avons élaboré une projection sur une situation mondiale possible, la panne. Mais pour être complet dans notre analyse, suite à la projection de ce film, il serait intéressant de connaître les avis du public sur cette éventuelle panne. Et si vous me permettez, j'aimerais proposer trois questions à notre public.

— Je vous en prie. Quelles sont ces trois questions ?

— La première : si demain l'internet disparaissait de votre vie, par quoi le remplaceriez-vous ? La deuxième : si plus aucun réseau social ne fonctionnait, comment réagiriez-vous pour combler le manque de communication ? Et la troisième : plus d'internet, plus de réseaux sociaux, plus de smartphones, plus de télévision numérique, plus d'achats en ligne, plus de consultations de comptes bancaires… Quelles seraient les incidences sur votre comportement ? Voilà quelles sont les trois questions fondamentales auxquelles ceux qui le souhaitent pourront répondre.

— Alors pour prendre la parole, et afin que chacun puisse garder l'anonymat, voici comment nous allons procéder. Tout d'abord, vous êtes plus de cinq cents ce soir, combien de personnes sont-elles prêtes à répondre à ces questions ? Levez la main, s'il vous plaît ?...

Michel Tessier se lève, s'approche du bord de la scène et compte le nombre de bras levés.

— 26 ! Bien. Nous allons vous distribuer des numéros de 1 à 26. Lorsque j'appellerai votre numéro, vous pourrez vous lever et prendre la parole pour répondre aux questions posées par le docteur Verpoort. Toutefois, vous aurez le droit de passer votre tour si vous estimez qu'un avis donné préalablement correspond à ce que vous souhaitiez exprimer.

Un technicien se dirige vers les bras levés pour distribuer les papiers numérotés. Au bout de quelques minutes, il fait signe à l'animateur qu'il peut commencer à donner la parole.

– Bien. Tout le monde est prêt. Alors nous pouvons commencer avec le numéro 1…

Une femme d'une soixantaine d'années se lève avec en main, le micro HF qui lui a été confié.

– Bonsoir. Alors voici mon avis pour répondre aux trois questions. Pour la première, je remplacerais internet par des dictionnaires, des atlas. J'enverrais des courriers papier pour garder le contact avec mes amis, je les appellerais plus souvent au téléphone, si c'était possible. En tout cas, je lirais davantage des livres papier. Pour la deuxième question, je pense que les réseaux sociaux ne me manqueraient pas. Je n'utilise que Facebook. Je compenserais par plus de sorties aux musées, bibliothèques, cinémas, expositions. En tout cas, cela me laisserait plus de temps pour retrouver la famille ou les amis et passer des moments ensemble. Et enfin, ce qui me manquerait le plus sans internet, c'est l'accès instantané à une multitude d'informations.

— Merci, madame. Numéro 2...

Un homme d'environ soixante ans également se lève et aussitôt le technicien lui transfère le micro.

— Je partage l'avis de la dame pour la première question. Pour la seconde, je ne subirais pas de manque dans le domaine de la communication, étant réfractaire à ces canaux d'échanges que je trouve réducteurs, froids et donc dangereux pour la relation humaine. Je suis adepte de la communication traditionnelle telle que la rencontre, l'appel téléphonique. Et pour la dernière question, la seule incidence négative serait l'impossibilité d'effectuer des recherches sur la formidable banque de données qu'offre cet outil.

— Merci, monsieur. Numéro 3...

Un homme aux cheveux longs de plus de soixante-dix ans se lève et se retrouve à son tour avec le micro dans les mains.

— Pour répondre à la première question, il est évident que le retour au courrier papier s'imposerait. Pour « apprendre », partager, il nous resterait les livres, les salles de spectacles, les musées, les voyages, les « autres ». Deuxième question, plus de réseaux sociaux ? Comme je l'ai dit précédemment, retour au courrier, mais aussi aux photos, aux bars, aux espaces de rencontres, là où les mots prennent une autre dimension lorsqu'on les lit sur les lèvres, dans un regard, un geste. Et enfin pour la troisième, ce serait un retour à une époque pourtant pas si lointaine qui ne manquait toutefois pas de convivialité. Certes nos esprits seraient ouverts vers des espaces plus restreints, mais sans doute que moins de dispersion rendrait plus fiables et solides nos rapports avec notre environnement.

— Merci, monsieur. Numéro 4... Oui, madame, nous vous écoutons...

— Si internet disparaissait de ma vie, je ne chercherais pas à le remplacer, je profiterais simplement plus des moments importants, mes loisirs seraient beaucoup plus intenses, plus de sports, de lecture, et je partagerais des moments plus vrais avec ma famille. Pour le travail, sans internet, je changerais de profession. Question deux. Je serais libérée du système réseau social, et je me rapprocherais des personnes en vrai, dans la réalité. Le manque de communication ne serait pas à combler, car la communication entre les gens redeviendrait plus profonde riche et plus sincère. Et pour la question trois, ma vie serait changée, et je m'y adapterais avec plus de sens et de ressources. Cela serait une rééducation, mais un sentiment de liberté totale.

– Merci, madame. Numéro 5...
– Je passe...
– Très bien. Numéro 6...
– Je passe aussi...
– Numéro 7...

Une jeune fille se lève et prend la parole dès qu'elle est en possession du micro.

– Si internet disparaissait, je reprendrais avec grand plaisir feuille et stylo plume à l'ancienne pour faire toute la paperasse inutile de notre charmante administration française. Les gens ne pourraient plus se cacher derrière des écrans, des excuses de logiciels qui "buguent", et je ferais mon plus beau sourire. Peut-être me renseignerais-je sur les pigeons voyageurs, lance-t-elle amusée. Et enfin je lirais, lirais, lirais et lirais des rayons entiers de livres et je ressortirais mes encyclopédies et dictionnaires offerts pour ma communion. Pour la deux, je ne pense pas que les réseaux sociaux me manqueraient plus que cela. Je prendrais un bon vieux Paris-Match pour continuer le bon vieux voyeurisme et je ferais plus de sorties culturelles. Et la dernière, plus de compte en ligne, alors ça, ce serait la panique ! Mon banquier me verrait plus souvent. Plus de Netflix, ça signifie plus un seul dimanche à ne rien faire sur le canapé, ce serait difficile. Rien de mieux qu'un bon débat présidentiel pour se lessiver le cerveau. Je serais un peu effrayée et paniquée, mais serais-je plus malheureuse ? Je n'en suis pas certaine. Je serais quand même exécrable pendant un long moment.

— Merci, mademoiselle. Numéro 8...

— Bonjour. Je suis retraité. J'ai connu l'avant internet. Je pense qu'il serait plus facile, pour nous, de revenir aux anciens modes de communication que les générations actuelles : téléphone, courrier, presse écrite, radio... Sans réseaux sociaux, j'utiliserais le téléphone, le courrier… Retour à des méthodes anciennes, mais peut-être y a-t-il d'autres modes de communication à inventer. Faisons confiance aux nouvelles générations… et même aux anciennes. Pour la trois, je suis moins confronté au rythme trépidant de notre société. En revanche, dans certains cas, je ressentirais de l'inquiétude, de la frustration à ne pas pouvoir joindre mes enfants ou proches, rapidement en cas de problème. Le souci viendrait plutôt du domaine relationnel et affectif. Pour le quotidien, ce serait réapprendre une autre valeur du temps. Moins d'activités puisque tout serait plus lent à réaliser.

– Merci, monsieur. Numéro 9...

– Je passe.

– Très bien. Suivant donc, le 10... Nous vous écoutons, monsieur...

– Bonsoir. Donc question un. Si internet disparaissait de ma vie, en termes d'achats, je le remplacerais par des déplacements. En termes de communication, retour en arrière avec les courriers, la Cibi, la VHF... Pour le reste, il y aurait les cassettes, les CD, le retour à la TNT pour la télévision, les achats de journaux papier, de livres. Sans internet, plus de logiciels à télécharger donc plus de PC hormis pour le traitement de texte et les tableurs. Plus de mails. Ce serait le retour aux documents administratifs papier, billets de voyages aux guichets, etc. Comme nous l'avons vu dans le film, il n'y aurait plus de cartes bancaires, plus de virements, plus de PayPal, plus de communication gouvernementale en direct, plus d'informations immédiates... Tout cela paraît impensable. Je ne répondrai pas à la seconde question, car je rejoins ce qu'ont dit mes prédécesseurs. Pour la troisième, je pense qu'il y aurait un retour à une vie plus active basée sur des déplacements... avec une voiture sans GPS, sans doute. C'est ce dernier point qui serait sans doute le plus regretté. Un retour en arrière n'est pas imaginable sauf à imaginer une autre civilisation. Notre société est-elle prête à revenir à un axe centré sur la famille et les amis proches ? Le monde s'est trop virtualisé, surtout pour les jeunes générations. Les plus anciens seront les moins perdus pour revenir à une vie qu'ils ont connue, contrairement aux plus jeunes.

Plusieurs personnes passent à nouveau leur tour. Michel Tessier appelle le 15. Une autre femme se lève.

— Bonsoir. Il est évident, comme l'ont dit plusieurs personnes avant moi, que sans internet, la relation en direct avec les gens serait privilégiée. Et pour trouver un renseignement, bien sûr, je me tournerais vers la documentation papier. Nous n'aurions pas le choix. Maintenant pour la seconde question, j'avoue qu'il me faudrait un certain temps pour me détacher de mes pratiques quotidiennes que je considère comme addictives. J'essaierais d'organiser des rencontres locales, et je rejoindrais sans doute des associations. Et honnêtement, pour répondre à la dernière question, sans réseaux sociaux, sans internet je me sentirais complètement perdue, eh oui, même à cinquante-cinq ans, et je pense que j'aurais besoin d'une thérapie.

Mais avec du temps, on doit pouvoir s'adapter à tout, quelle que soit la situation.

— Merci, madame. Bien, après ces interventions et afin que les mêmes avis ne soient répétés, je vous suggère maintenant de laisser tomber l'ordre chronologique, mais de ne lever la main que pour apporter de nouvelles idées. Oui, monsieur...

— Merci. Bonsoir à tous, j'aimerais juste faire part d'une sensation quant à la troisième question.

— Allez-y, nous vous écoutons...

— Plus d'internet, de réseaux sociaux, d'achats en ligne, de consultations de comptes bancaires, pourraient sonner comme un bonheur apparent et de courte durée de ne plus être dépendant de ces technologies qui agissent sur nous comme une drogue. Apparent et de courte durée, car ne serions-nous pas soumis au plus grand des chaos, aucun retour au monde pré numérique n'étant probable. Je serais sans doute bien malheureux d'avoir connu les bons côtés de ces innovations de l'Homme et de ne plus pouvoir bénéficier de leur apport en termes d'efficacité. Je me sentirais probablement dépouillé de tout, et c'est un sentiment de grande frustration qui m'habiterait. Saurais-je maîtriser ce choc brutal et bouleversant ou bien tomberais-je en dépression ? Je l'ignore, mais en tout cas, je ferais tout, je crois, pour m'adapter à la nouvelle donne, misant sur mes capacités à toujours me dépasser même dans l'adversité.

— Merci. Oui, monsieur, à côté...

— Je rejoins les idées de monsieur. J'ajouterai que nous vivrions en apparence un monde plus calme, avec la haine qui ne se propagerait plus à la vitesse de l'éclair… Retrouver la vraie valeur des choses et des relations humaines, ce serait pas mal non ? Enfin, prendre le temps d'être et ne plus vivre dans l'instantané. Cependant, il faudrait qu'on soit tous sur la même longueur d'onde, et ça, c'est une belle utopie. Tellement de gens péteraient les plombs qu'on tomberait dans la guerre civile…

— Madame...

— Je suis propriétaire d'une librairie, maison de la presse... Aujourd'hui, dans mon magasin, tout fonctionne grâce à internet. Il faudrait donc repenser tout le système de distribution de la presse et le système de caisses informatisées... ce n'est pas une mince affaire ! Mais qui sait, peut-être retomberions-nous dans une ère qui inciterait les gens à lire, conclut-elle en souriant.

— Un autre avis ? Oui, monsieur...

— Honnêtement, je rêve de ce jour où les réseaux sociaux et toute la haine, la violence, le mensonge et la superficialité qui leur sont associés n'existeront plus. Pour communiquer, nous prendrions le temps d'appeler ou d'écrire à nos proches. Plus besoin de « contenter » des centaines, voire des milliers de personnes avec nos contenus multimédias, nous nous focaliserions sur ceux qui comptent vraiment pour nous.

– Bien, merci pour vos avis partagés ce soir. Quelqu'un souhaite-t-il ajouter encore quelque chose, avant que nous passions à la dernière partie de la soirée ?... Oui, monsieur, allez-y, nous vous écoutons...

– Il me semble, dans tout ce que j'ai entendu, que l'idée de remplacer l'internet est solutionnée en apparence par un retour en arrière, que ce soit, les livres, les rencontres. Chacun a essayé d'imaginer ce que cela représentait dans sa vie et comment y remédier. Autrement dit, le problème de la suppression d'internet est autocentré sur l'individu, même si les questions posées par le docteur Verpoort sous-tendaient des réponses individuelles. Mais pour moi, l'individu est une partie infime du problème. Comme le dit un personnage du film, les conséquences au niveau mondial seraient catastrophiques. Il faudrait beaucoup de temps pour que le monde se réadapte à l'ancienne, la vieille infrastructure ayant été abandonnée. Entre-temps il y aurait un arrêt économique généralisé : des faillites partout, des millions de chômeurs, des structures publiques incapables de fonctionner, pas de produits sur les étagères des magasins, assez probablement des désordres et même des guerres. Le problème ne serait pas comment remplacer internet. Le problème serait comment sauver le monde. Les incidences sur l'individu sont impossibles à prévoir. Si mon boulanger n'était pas capable de me vendre du pain à cause d'un manque de matière première, et si mes enfants ne pouvaient pas aller à l'école parce que les professeurs ne seraient plus payés ou encore si mon compte en banque était vide, ou plutôt si la banque était vide, mon comportement serait plutôt influencé par ces conséquences bien plus graves que le manque de Facebook ou d'autres réseaux sociaux.

— Merci pour le développement de vos idées en forme de conclusion qui ne manquent pas d'intérêt. Elles vont nous permettre d'enchaîner maintenant avec la suite. Docteur Verpoort ?...

— C'est vrai, monsieur, comme vient de le dire Michel Tessier, votre opinion ne manque pas d'intérêt. Cela va dans le sens de la seconde partie de soirée que nous allons aborder maintenant. Nous allons voir un reportage réalisé en partenariat avec Alexis Meyer dans la clinique où j'exerce. Vous allez pouvoir suivre l'évolution de quatre adolescents, deux garçons et deux filles de quinze à dix-huit ans, placés en thérapie à la demande de leurs parents désarmés devant l'addiction de leurs enfants aux téléphones, aux réseaux sociaux et aux jeux vidéo en ligne. Cette thérapie a été mise en place dans mon service à la suite d'une lettre que m'a envoyée la mère d'un de ces adolescents.

Il sort une enveloppe de sa poche et en extrait une feuille qu'il déplie.

– Je vais vous la lire et vous comprendrez mieux l'origine de la mise en place de cette thérapie... Je ne citerai pas le nom de cette dame et j'ai volontairement modifié le prénom de son fils afin de respecter leur anonymat...

Bonjour Docteur,

Pardonnez-moi de vous importuner en m'adressant directement à vous, mais je dois vous avouer que je suis terrassée par le comportement de mon fils et j'espère que vous pourrez lui apporter le secours dont il a besoin.

Julien a dix-sept ans. Quand il n'est pas au lycée, il passe ses journées entières dans sa chambre devant un écran pour jouer à des jeux vidéo avec d'autres adolescents. Il ne quitte jamais son téléphone qu'il a toujours en main, à l'affût du moindre message, d'une photo ou d'une vidéo. Et quand il en reçoit, il répond systématiquement, le téléphone tenu à deux mains, les pouces en action à une vitesse hallucinante sur le clavier. Il se déplace toujours à l'extérieur avec son téléphone à la main, le nez collé à l'écran dans l'attente d'un signal de réception. Pire, il dort avec, enfin, il dort, c'est une façon de parler, car à la moindre vibration, l'écran s'allume et lui se réveille systématiquement. Le plus grave est qu'il ne communique plus que par ce biais. J'ai tenté de discuter avec lui, mais j'avais la sensation de parler à un fantôme. Ses résultats scolaires sont très médiocres. Je ne sais plus quoi faire. Il ne réagit plus aux problèmes familiaux. J'ai la terrible impression que Julien n'existe plus. Que faire ?

— Voilà. Le désarroi de cette mère est bien sûr compréhensible, et elle n'est pas la seule dans ce cas. L'addiction aux réseaux sociaux comme Instagram, TikTok auxquels sont connectés la plupart des adolescents, a bien sûr été abordée dans de nombreux séminaires. Il en est ressorti en conclusion que les réseaux sociaux semblent offrir un cocktail enivrant de dopamine, de désorientation et de dépendance. C'est ce que nous appelons « l'alcool de l'attention » qui offre de l'euphorie à court terme et du regret à long terme. Les comportements des adolescents sont similaires dans l'ivresse alcoolique et dans l'ivresse créée par les plateformes numériques : désinhibition, agressivité gratuite, insultes, sensation de cohésion sociale ou d'isolement, image dégradée ou surestimée de soi. Avec mes confrères du service neuropsychologique, pour répondre au désarroi des parents, nous avons donc décidé de créer un stage expérimental de groupe, plutôt que parler de thérapie. Vous allez pouvoir suivre l'évolution de ces quatre adolescents, dont Julien, que nous avons rencontrés à la demande de leurs parents, et qui ont accepté de vivre sans téléphone, sans internet, sans réseaux sociaux et sans écrans pendant un mois en clinique. Tout comme pour Julien, les prénoms ont été modifiés, mais avec leur accord leurs visages n'ont pas été floutés. Le reportage que vous allez visionner maintenant répond exactement à la problématique de « la panne » : si du jour au lendemain, internet, les réseaux sociaux, les smartphones disparaissaient de votre vie, quelles seraient les incidences sur votre comportement ? Nous nous retrouverons en fin de projection pour la conclusion de la soirée. Bon visionnage !

Alexis Meyer, le docteur Philippe Verpoort et Michel Tessier rejoignent ensemble les coulisses.

Les deux techniciens réapparaissent pour débarrasser la scène des trois fauteuils.

Puis les rideaux s'ouvrent sur l'écran.

Les plafonniers s'éteignent rangée par rangée.

La salle est progressivement plongée dans le noir.

Le premier panneau générique apparaît.

LA PANNE
(L'expérience)

Première semaine
Premier jour
Laura, Mathilde, Julien et Sébastien

Une pièce aux murs blancs. Quatre fauteuils et un bureau. Une porte s'ouvre. Quatre adolescents, deux filles et deux garçons entrent, accompagnés par le docteur Verpoort.

— Prenez place, je vous prie !

Les quatre jeunes s'assoient dans les fauteuils et le médecin s'installe derrière le bureau. Les adolescents sont dans l'expectative alors que le médecin consulte un dossier qu'il vient d'ouvrir.

— Bien. Je suis le docteur Philippe Verpoort et nous allons passer ensemble un mois, à la demande de vos parents et bien sûr, avec votre accord.

— Julien ?

— Ouais, c'est moi, dit l'un des deux garçons, un blond aux cheveux longs, en levant la main.

— Sébastien, c'est donc vous ? dit le médecin au second.

— Heu, oui, il me semble, réplique le deuxième garçon, cheveux courts coupés en brosse, en regardant chacune des deux filles comme pour en justifier l'évidence.

Philippe Verpoort sourit et s'adresse aux deux adolescentes.

— Laquelle de vous deux est Laura ?

— C'est moi, répond timidement la plus petite des deux, aux cheveux châtains et aux yeux marron clair.

— Bien. Donc vous êtes Mathilde...

— Oui, confirme la dernière, une brune aux yeux bleus, les bras croisés.

— Parfait. Soyez les bienvenus ! Nous allons échanger parfois ensemble, parfois chacun en tête à tête avec moi, mais toujours sur le sujet qui nous concerne, votre dépendance aux écrans, aux réseaux sociaux, ou aux jeux vidéo. Pouvez-vous m'expliquer pourquoi vous avez accepté de passer ce mois dans cette clinique, sans ordinateur et sans téléphone ?

Les quatre adolescents se regardent pour savoir si l'un d'eux veut se lancer. Ce qui n'est apparemment pas le cas. Philippe Verpoort patiente quelques instants, puis reprend la parole.

– Je comprends parfaitement que vous rencontriez des difficultés à vous exprimer sur ce sujet, mais ne vous inquiétez pas, ce n'est qu'une question de confiance. Nous nous retrouverons ici une fois par semaine pour faire le point, ensemble, sur la semaine écoulée. Vous aurez accès entre temps à vos chambres individuelles pour vous reposer, et vous serez pris en charge par mon équipe pour vous occuper, vous distraire, lire, écrire à vos familles, à vos amis, une activité et une communication différentes pour vous permettre de faire le point sur ce qu'on appelle une addiction. Vous comprenez ce terme ?

Les quatre adolescents acquiescent de la tête.

– Aujourd'hui, je ne vais pas prolonger l'entretien sur le fond, mais vous expliquer quel va être le principe de cette expérience. Vous avez déjà pris possession de vos chambres individuelles et visité nos locaux : la salle à manger, la salle de sport, la bibliothèque, la salle de projection qui vous permettra de voir de temps en temps un film choisi par notre équipe, et la classe pour vos cours habituels, car il va de soi que vous ne pouvez être coupé de votre progression scolaire...

— Nos profs vont assurer les cours ?

— Non, ils doivent les poursuivre pour les autres élèves, et puis d'ailleurs, ce serait compliqué étant donné que vous êtes issus de quatre établissements différents. Non, les cours seront assurés par des professeurs indépendants dont le statut, approuvé par l'Éducation nationale, est de dispenser un enseignement à domicile. Vous n'aurez ainsi aucune interruption dans votre programme scolaire. En complément, une équipe composée d'animateurs psychologues formés à la problématique qui nous concerne vont vous accompagner dans différents ateliers pour vous permettre de comprendre les perturbations subies par la cyberdépendance, c'est-à-dire cette addiction dont je vous ai parlé il y a quelques instants. Je ne rentrerai pas dans les détails aujourd'hui, nous aurons largement le temps de nous y consacrer dans nos différents entretiens individuels. Avez-vous des questions ?

Mathilde lève la main.

— Oui, je vous écoute...

— Si j'ai bien compris, l'expérience va durer un mois. Quel est l'objectif pour chacun d'entre nous ?

— Vous êtes ici pour plusieurs choses. La première, comme je vous l'ai expliqué, prendre conscience de votre addiction. La deuxième, dresser un bilan de votre vie telle que vous la ressentez là, en ce moment. La troisième, envisager l'hypothèse de votre avenir, sans connexion à internet, aux réseaux sociaux ou aux jeux vidéo. La quatrième, envisager une seconde hypothèse. Celle où vous seriez capable d'en gérer raisonnablement l'utilisation. Et enfin, au bout d'un mois, dresser un bilan de votre évolution avant de retourner dans vos familles, dans vos lycées. Et si vous jouez le jeu, si vous suivez notre plan de rééducation, vous devriez avoir une vision de votre avenir plus positive. Mais ne vous inquiétez pas ! Nous aurons l'occasion de revenir sur tout cela au cours de ce mois de thérapie expérimentale. Avez-vous d'autres questions ?

À son tour, Sébastien lève la main.

— Oui Sébastien ?

— Vous êtes en train de nous dire que nous allons suivre une thérapie comme si nous étions des malades mentaux, c'est ça ?

— Vous ne serez jamais considérés comme des malades mentaux, juste comme des jeunes qui ont des difficultés de concentration, d'endormissement, qui sont dans l'incapacité de quitter leur téléphone en toutes circonstances, avec parfois des signes de nervosité ou de colère. Ce ne sont pas des symptômes d'une maladie mentale, juste la description d'une cyberaddiction. Encore une question avant que nous nous séparions ?

Les quatre adolescents s'observent les uns les autres sans répondre, si ce n'est avec de légers mouvements de la tête pour signifier qu'ils ne souhaitent pas prendre la parole.

Première semaine
Deuxième jour
Julien

Julien est assis dans un fauteuil face au bureau de Philippe Verpoort.

— Alors comment s'est passée cette première nuit ?

— Pas très bien. J'ai peu dormi.

— Avez-vous une idée de la cause probable ?

— Oui.

— Aimeriez-vous m'en parler ?

— Vous ne serez pas surpris si je vous dis que mon téléphone m'a manqué...

— Pouvez-vous me dire pourquoi il vous a manqué ?

— ...

— Lorsque vous étiez chez vous et que vous étiez au lit avec votre téléphone, que se passait-il ?

— Je recevais des messages.

— Quels genres de messages ?

— Un peu de tout... des vidéos de copains, des échanges en direct en visio, des blagues...

— Et ça durait toute la nuit ?

— Oui, presque.

— Vous ne dormiez donc pas ?

— Si. Par intermittence. C'est l'écran qui me réveillait quand il s'allumait. C'était le signal de réception d'un message.

— Est-ce que vous imaginez les dégâts que cela pouvait provoquer sur votre esprit ?

— ...

— Avec de telles nuits, vous ne deviez pas être trop performant au lycée...

— Je... je ne m'en rendais pas forcément compte... Si. Peut-être mes notes...

— Bien. Je vais vous poser une autre question. Comment percevez-vous vos absences dans votre famille ?

— Mes absences ? Quand je suis au lycée ?

— Non, je veux dire que, quand vous êtes chez vous, vos parents ont l'impression que vous êtes ailleurs... Quelque part ailleurs dans votre esprit...

— Vous n'avez qu'à dire que je suis cinglé...

— Ce n'est évidemment pas ce que je veux dire. Votre manque de concentration au lycée ou dans votre famille vient de votre dépendance au virtuel.

— Mes relations n'ont rien de virtuel ! Je connais les amis qui m'écrivent ou à qui j'écris.

— Vos relations, non, mais la communication, si ! Dès qu'un échange se passe via un écran, peu importe le réseau social, il est virtuel. Bon, je voudrais vous expliquer aujourd'hui pour terminer cette première séance, et c'est ce que j'expliquerai aussi à vos trois camarades, que le sevrage d'un mois que vous allez subir pendant cette expérience, n'est pas définitif. Nous voulons seulement vous faire comprendre que l'arrêt systématique d'un ordinateur, d'une tablette ou d'un smartphone n'est pas une solution. Nous voulons simplement vous aider à identifier les raisons pour lesquelles il vous faut réduire le temps que vous y consacrez. Vous saisissez ce que je veux vous faire comprendre ?

— Oui, quand même ! Je ne suis pas débile.

Analyse

Philippe Verpoort
(gros plan)

— À cet instant, j'ai senti que Julien était au bord de la rupture. La difficulté, pour moi, était d'apaiser son

esprit afin de pouvoir poursuivre l'entretien en toute sérénité et surtout qu'il me fasse confiance.

Alexis Meyer
(voix off)

– C'est sûr que pour le premier jour avec le premier adolescent, vous deviez être sur vos gardes...

Philippe Verpoort

– Exactement. La moindre erreur de ma part pouvait le braquer et faire capoter l'expérience.

Alexis Meyer

– Nous allons voir maintenant comment vous avez enchaîné...

Julien (suite)

– Vous l'ai-je laissé entendre ?

– Non.

– L'idéal, c'est qu'au cours de cette expérience, vous compreniez que l'un des aspects fondamentaux de la vie sociale n'est pas l'isolement. La vie sociale est représentée par votre famille. Le lien est l'amour. Elle est aussi représentée par le lycée. Le lien est la camaraderie, parfois l'amitié. À chaque fois, tout repose sur le contact autre que visuel derrière un écran. Il y a tellement de facteurs de contact sur le terrain que vous ne percevrez jamais derrière un écran comme le plaisir, la sensibilité, l'attirance. Bon, je vous propose de réfléchir à cela quand vous serez dans votre chambre. Parce que dans la journée, vos pensées seront axées sur des activités diverses en ateliers, en cours, en sport, pendant les loisirs. Avez-vous compris le sens de mes explications ?

– Oui, je crois.

– Bien. Merci pour votre écoute, Julien ! Je crois que nous allons faire du bon boulot. Vous pouvez rejoindre mes collègues pour vos activités.

Julien se lève et salue le médecin d'un léger signe de tête avant de quitter le bureau.

Première semaine
Troisième jour
Laura

Laura est assise à la place qu'occupait Julien la veille.

— Alors Laura, pouvez-vous me parler maintenant du début de votre séjour ici ?

— …

— Vous ne souhaitez pas m'en parler ?

— Si… mais c'est très difficile, lâche-t-elle les larmes aux yeux. Je suis perdue. J'ai l'impression que mes amis m'ont abandonnée. Je ne supporte pas cette solitude forcée.

— En avez-vous discuté avec vos trois collègues qui participent à cette expérience avec vous ?

— On ne se connaît encore pas trop. Nous sommes juste tombés d'accord pour dire que ça nous manquait…

— Avez-vous déjà commencé les ateliers de lecture-écriture mis en place par mon équipe ?

— Oui, la lecture. J'ai commencé un roman, mais j'ai arrêté au bout d'un quart d'heure...

— Quel était l'auteur de ce roman, et le titre ?

— Euh... excusez-moi, je ne sais plus !

— Et pourquoi avez-vous cessé de lire au bout d'un quart d'heure ?

— Je... je ne me souvenais plus des pages que je venais de lire...

Analyse

Philippe Verpoort
(gros plan)

– À cet instant, je dois faire preuve de psychologie et bien me rendre compte de ce qui se passe...

Alexis Meyer
(voix off)

– Vous le saviez à ce moment-là ?

Philippe Verpoort

– Disons que je le pressentais. Mais surtout, je ne devais pas lui expliquer. Il était trop tôt.

Alexis Meyer

– *Vous lui en avez parlé par la suite ?*

Philippe Verpoort

– *Oui, au second entretien. Je lui ai fait comprendre que ce problème est la caractéristique typique de l'addiction aux réseaux sociaux. Elle favorise le manque de concentration, mais aussi la fatigue et l'insomnie. Ce n'est pas une question de mémoire, mais vraiment un manque de concentration.*

Laura (suite)

– Comment se sont passées vos premières nuits ici ?

– J'avais peur.

– Peur ? Mais de quoi ?

– Je n'arrivais pas à m'endormir. Je pensais trop au fait que j'étais isolée sans mon téléphone. J'avais peur de faire des cauchemars. Comme si l'enfer m'attendait...

Moment de silence.

— Avez-vous commencé à écrire à votre famille ?

— Non, je n'avais pas envie. Je suis tellement habituée à taper mes messages sur le clavier.

— Bien, merci Laura. Avant de terminer ce premier entretien, j'aimerais revenir sur un point. Vous m'avez expliqué que la nuit, vous aviez peur de faire des cauchemars si vous vous endormiez comme si l'enfer vous attendait. Écoutez bien ce que je vais vous dire. Imaginez qu'à la fin de cette expérience, c'est un arc-en-ciel qui vous attend, une chaude lumière, source de réconfort et de paix. L'enfer, c'est ce monde virtuel dans lequel vous vous êtes enfermée. Et il sera derrière vous.

— Je ne sais pas... cela me paraît tellement improbable.

— Ne vous inquiétez pas ! Faites-moi confiance ! Pour le moment je vous engage à rejoindre mon équipe et notamment l'atelier d'écriture. Vous verrez, avec les animateurs, le goût et l'envie de vous appliquer pour donner des nouvelles à votre famille vont revenir.

Des larmes coulent sur les joues de Laura. Philippe Verpoort lui tend une boîte de Kleenex.

Analyse

Alexis Meyer
(voix off)

– Laura paraît une jeune fille fragile…

Philippe Verpoort
(gros plan)

– Tout à fait. Il faut être très prudent avec ce genre de cas. La moindre erreur psychologique peut conduire à l'échec, voire au drame…

Alexis Meyer

– Quelle solution avez-vous adoptée ?

Philippe Verpoort

– L'empathie. Dissiper ses craintes et ses inquiétudes.

Laura (suite)

– Pourquoi cette tristesse ?

L'adolescente renifle puis se mouche.

– Je m'en veux tellement d'avoir laissé tomber ma famille...

– Je vous rassure. Vous ne l'avez pas laissé tomber. Vous vous êtes juste mise à l'écart en vous immergeant inconsciemment dans les réseaux sociaux. Vous croyez vivre votre vie, mais vous passez à côté de l'essentiel.

– Mais j'existe pour mes amis, et ils existent aussi pour moi.

Analyse

Philippe Verpoort
(gros plan)

– Là, je comprends que je vais toucher une corde sensible avec ce que je m'apprête à lui dire sur ce sujet. Pourtant, j'hésite. Laura est-elle prête à entendre une contre-vérité qui peut la déstabiliser ? Après quelques secondes de réflexion, je décide que mes font partie de la lutte contre la cyberaddiction et de son programme pour inverser ses émotions, ou tout du moins les orienter dans le bon sens.

Alexis Meyer
(voix off)

– Elle l'a bien pris ?

– Je crois. Le principal est que cela puisse la faire réfléchir et aller de l'avant.

Laura (suite)

– Vous avez quel âge, Laura ?

– Dix-sept ans.

– Voyez-vous, Laura, vous êtes dans une phase de la vie où les contacts avec les pairs sont primordiaux pour se construire une identité sociale. Les « j'aime » et les demandes d'amis deviennent un moyen pour affirmer et construire son identité dans un monde virtuel où on a l'impression de se sentir moins seul, entouré de reconnaissance par nos « amis », ce qui vous pousse à passer de plus en plus de temps sur les réseaux sociaux. Vous comprenez ?

– Oui.

– Bien. Je vous propose de réfléchir à ce premier entretien que nous allons arrêter là pour aujourd'hui. Vous êtes actuellement en atelier de lecture. Je vais donner des consignes afin que vous commenciez une première séance de relaxation. Vous verrez, cela vous sera bénéfique. Mais nous en reparlerons plus tard. Et puis, je ne peux que vous encourager à persévérer avec votre animateur d'écriture. Le stylo remplacera le clavier sans que vous vous en aperceviez, juste parce que l'idée que votre famille attend de vos nouvelles fait son chemin. Merci Laura.

Première semaine
Quatrième jour
Sébastien

Sébastien est assis face à Philippe Verpoort, les bras croisés, et semble plus fermé que jamais.

— Vous ne souhaitez pas me répondre ?

Silence de l'adolescent.

— Bien, je vais poser ma question différemment. Vous ne souhaitez pas me parler de réseaux sociaux, je respecte votre position. Y a-t-il un sujet que vous aimeriez que nous abordions ensemble ?

Sébastien a jeté un œil au médecin qui perçoit son envie de sortir de son mutisme. Il le sent. Il lui sourit pour l'inciter à s'exprimer.

— Vous me faites chier. Je me fais chier ici.

Philippe Verpoort reste silencieux. Juste le temps de préparer sa réponse. Il lui sourit à nouveau.

— Voilà deux expressions élégantes qui reflètent parfaitement le fond de votre pensée. Lorsque vous avez accepté de venir ici, je suppose que vous saviez que vous seriez confronté à certaines difficultés liées au sevrage pendant un mois ?...

— ...

— Personne ne vous a obligé à participer à cette expérience dont l'objectif est de comprendre le mécanisme de la dépendance. Et vous avez vous-même accepté de participer à cette expérience. Pouvez-vous m'expliquer pourquoi ?

Sébastien croise les bras en soufflant sa lassitude.

Analyse

Alexis Meyer
(voix off)

— Lorsque vous êtes confronté à un cas comme celui de Sébastien, avez-vous des doutes sur la suite de

l'entretien ? Au langage utilisé, vous devez vous dire que ce n'est pas gagné, non ?

Philippe Verpoort
(gros plan)

– Détrompez-vous ! C'est le syndrome caractéristique de l'adolescent sur la défensive. Il y a deux possibilités. Soit il se renferme sur lui-même, soit je trouve l'ouverture favorable en le valorisant.

Alexis Meyer

– Comment savez-vous, à ce moment précis, que vous pouvez le valoriser ?

Philippe Verpoort

– Question d'expérience !

Sébastien (suite)

– Je vous sens nerveux, voire en colère. En réalité, ce n'est pas le fait d'être ici qui vous met dans cet état. Toute dépendance, et notamment celle aux réseaux sociaux, crée cette forme de réaction comportementale et...

– Mais je me fous des réseaux sociaux !

– Jamais internet ? Instagram ?...

– Internet, si, évidemment ! Mais le reste, j'y vais jamais. C'est de la merde !

– Ah ? Vous pouvez m'expliquer pourquoi ?

– Tous ceux qui vont là-dessus croient qu'ils ont des amis, mais en fait, c'est faux. Ils sont incapables d'échanger en vrai avec quelqu'un. Ils se sentent protégés derrière leur écran. C'est d'ailleurs un outil pour les faibles...

– C'est intéressant ce que vous me dites là. Vous pouvez m'en expliquer les raisons ?

– Oh, mais vous vous en doutez, bordel ! Le fait d'être caché, pour les faibles, ça les pousse à critiquer tout et n'importe quoi, à sortir des insanités avec tellement de fautes qu'on se demande s'ils sont allés à l'école. Les racistes crachent leur fiel sur les blacks et les rebeus. Derrière leurs putain d'écrans, ils se croient intouchables. Quelle bande de cons !

Analyse

Philippe Verpoort

(gros plan)

– Là, je suis obligé de marquer une pause pour permettre à Sébastien de se calmer.

<u>***Alexis Meyer***</u>
(voix off)

– Qu'avez-vous en tête à ce moment précis ?

<u>***Philippe Verpoort***</u>
(après un moment de réflexion)

– Honnêtement, je me dis que ce n'est pas gagné...

<u>***Alexis Meyer***</u>

– Vous n'avez pas envie de baisser les bras ?

<u>***Philippe Verpoort***</u>

– Non. Je me dis qu'il doit y avoir un angle d'attaque propice à un véritable échange. Et cet angle d'attaque repose sur ses motivations...

Sébastien (suite)

– Me permettez-vous de vous poser une question ?

– Allez-y !

– Si vous avez accepté de participer à ce stage, et que vous n'utilisez pas les réseaux sociaux, enfin un peu quand même, sinon vous ne pourriez pas me parler de ce qu'écrivent les faibles comme vous les appelez, c'est que vous avez d'autres raisons... Pouvez-vous m'expliquer lesquelles ?

– Je suppose que mes parents vous en ont parlé...

– Oui, mais je préférerai les entendre de votre bouche...

Sébastien semble faire le point avec lui-même, comme s'il cherchait le meilleur angle pour répondre au médecin. Puis il se lance.

– Je suis un fan de jeu vidéo !

– Vous jouez seul ?

– Ben non ! Aucun intérêt !

– Avec qui jouez-vous ?

– Ben, avec mes copains !

– Des amis trouvés sur internet ?

– Ben non, avec mes potes de lycée !

– Ils viennent chez vous ou vous allez chez eux ?

– N'importe quoi ! Bien sûr que non. On en parle au lycée, on se donne des rencarts, et une fois chacun chez soi, on joue en ligne.

– À quels jeux jouez-vous ?

– Ça dépend. Parfois c'est « *Farming simulator* », parfois c'est « *Destiny II* ».

– Pouvez-vous m'expliquer en quoi consistent ces jeux, très rapidement ?

– « *Farming simulator* » c'est un jeu de gestion. On vit dans une ferme au départ vide et on doit la développer, cultiver nos champs, planter des arbres, prendre soin des animaux, construire de nouveaux bâtiments avec l'argent gagné.

– Pourquoi ce jeu vous attire-t-il ?

– Pour deux raisons. La première est que je veux être agriculteur plus tard, avoir une ferme à moi. La seconde, c'est que l'on peut développer la ferme à plusieurs en ligne. C'est très prenant.

– Et le second jeu ?

– « *Destiny II* » est situé dans un monde de science-fiction mythique. Il propose un environnement multijoueur de monde partagé avec des éléments de jeux de rôle. Les activités reposent sur deux types de jeu : un, joueur contre environnement, et deux, joueur contre joueur. Le principe majeur est...

Analyse

<u>Philippe Verpoort</u>
(gros plan)

– À cet instant précis, je sais que Sébastien n'est plus là. Il n'est plus avec moi.

<u>Alexis Meyer</u>
(voix off)

– *Vous voulez dire... psychologiquement ?*

<u>Philippe Verpoort</u>

– *Exactement. Il ne fait plus partie de l'expérience.*

<u>Alexis Meyer</u>

– *Vous avez cette perception de Sébastien. Comment le ramenez-vous à l'instant présent ?*

<u>Philippe Verpoort</u>

– *Je sais exactement où il se trouve au moment où il me parle : devant son écran, dans ses jeux vidéo... Je dois prendre des précautions pour ne pas le froisser.*

Sébastien (suite)

– Permettez-moi de vous interrompre, Sébastien. Je vous observe depuis le début de l'entretien et j'ai vu croître en vous un véritable enthousiasme jubilatoire dès que nous avons abordé le sujet des jeux vidéo. Combien de temps passez-vous par jour devant l'écran avec vos jeux vidéo ?

Le fait d'avoir été coupé dans son élan laisse Sébastien hagard et perturbé par la question. Il inspire profondément et se tasse contre le dossier du fauteuil.

– Trop ! lâche-t-il soudain.
– Trop ? C'est vague. Vous pourriez me donner le nombre d'heures approximatif que vous y consacrez ?

Analyse

Philippe Verpoort
(gros plan)

– Au regard soudain défocalisé de Sébastien, j'imagine qu'il est en train de se voir à nouveau devant son écran... Calcule-t-il ? Ressent-il une difficulté à avouer cet espace temporel qui le dévore ? Sa réponse est sans appel !

Sébastien (suite)

– Je dirais dix à douze heures...
– En dehors du lycée ?
– Évidemment !

— Dix à douze heures par jour, cela signifie que vous débordez sur les nuits, donc que vous prenez sur votre sommeil. Exact ?

— Oh, là, là ! Vous êtes balèze, vous...

— Comment qualifieriez-vous ce loisir chronophage ?

— Hein ? Chronophage ?

— Oui, ces jeux vidéo auxquels vous consacrez beaucoup de temps devant l'écran...

Sébastien semble réfléchir, puis comme une délivrance, il lance :

— Une dépendance ? Une addiction ?

— C'est exactement cela.

— Je vais vous dire un truc. C'est justement pour ça que j'ai accepté de participer à ce stage.

— Vous pouvez m'expliquer le sens de ce choix ?

— Parce que j'ai eu un flash. Je me suis rendu compte en observant d'autres jeunes de mon âge que j'avais abandonné mes autres activités, mes relations sociales, que je ne faisais plus de sport et que je me renfermais sur moi-même.

Philippe Verpoort s'appuie au dossier de son fauteuil, les bras croisés.

— Je vais vous dire une chose, Sébastien. Vous avez tout compris et rien qu'en acceptant de participer à ce stage, vous êtes sur la voie de la guérison, ou tout du moins de l'équilibre. Et vous savez quoi ?

— Non, mais vous allez me le dire...

— Je pense que vous allez être un bon collaborateur pour m'aider à faire prendre conscience de ce problème à vos trois collègues.

Le médecin se lève et passe devant le bureau sur lequel il s'assoit face à Sébastien.

— Cela vous tenterait de m'aider ?

— Euh... oui, si vous pensez que je pourrais leur apporter quelque chose.

— Non seulement vous pourriez leur apporter quelque chose, mais en plus, ce serait votre remède principal pour retrouver un rythme de vie tout à fait normal. En tout cas, ce serait notre secret. Nous serions complices et j'en serais ravi, ajoute le médecin en lui tendant la main.

Sébastien se lève et la lui serre timidement.

— Je voudrais m'excuser, m'sieur...

— Vous excuser ? Mais de quoi ?

– De mon langage pas très poli au début de notre entretien...

– Alors, je vais vous expliquer. Vous étiez sur la défensive. Votre violence verbale était pour moi une réaction légitime. Vous pressentiez qu'un étranger, moi en l'occurrence, allait s'immiscer dans votre vie, dans votre souffrance, dans votre dépendance maladive. Et personne n'aime ça.

– Oui, et vous ne l'avez pas fait.

– Non, vous avez raison. Vous y êtes venu tout seul. Comme un grand.

Il passe un bras sur l'épaule de Sébastien et le conduit vers la porte.

– Allez, venez ! Je vous raccompagne à votre atelier. C'était lequel ?

– Atelier d'écriture !

– Et vous écrivez quoi ?

– J'essaye d'écrire une lettre à une amie. Mais reprendre un stylo pour exprimer des sentiments, ce n'est pas simple.

– En fin de stage, vous aurez retrouvé les mécanismes, vous verrez...

Première semaine
Cinquième jour
Mathilde

— Bonjour Mathilde !

— Bonjour.

— Si vous me faisiez le bilan de ces quatre premières journées, qu'en diriez-vous ?

La jeune fille prend le temps de réfléchir.

— Hormis le fait que je ne peux envoyer de message à personne, ni à mes amis ni à ma famille, ou même simplement leur téléphoner, je trouve que le contact avec mes trois collègues est enrichissant.

— Vous pouvez m'en dire plus ?

— J'ai l'impression de me retrouver d'un seul coup dans une autre vie. Nous avons de vraies discussions.

— Pourquoi ne ressentiez-vous pas cette sensation avant cette expérience ?

— Trop prise par les réseaux sociaux.

— Vous pouvez préciser ?

— J'ai une passion, c'est de faire des vidéos avec mon téléphone et de les poster sur Insta et TikTok.

— Quel genre de vidéos ?

— Oh, des vidéos courtes comiques ou surprenantes...

— Vous pouvez m'en décrire une ou deux ?

— Ouh, mais j'en ai fait tellement...

Nouveau temps de réflexion.

— Il y en a une où mon chat arrive lentement près de mon chien en train de dormir, et il va se blottir contre son ventre entre ses pattes... Ou une autre fois, c'était en hiver. Je filmais depuis la fenêtre de ma chambre. Il avait gelé. Les employés de la ville n'étaient pas encore passés pour mettre du sable ou du sel. Les trottoirs étaient une vraie patinoire. Plusieurs personnes se sont cassé la figure. C'était trop drôle.

— Et ce sont ces vidéos que vous postez sur les réseaux ?

— Oui. Ça plaît beaucoup.

— Comment vous en rendez-vous compte ?

— Ben, c'est simple ! Avec les « like » et les commentaires ou les partages. J'ai eu beaucoup d'amis grâce à ça. C'est agréable...

– Ne pensez-vous pas qu'il y a une contradiction entre le début de l'entretien et ce que vous venez de me dire ?

– Je ne comprends pas...

– Pour reprendre vos paroles, je cite « *je trouve que le contact avec mes trois collègues est enrichissant.... J'ai l'impression de me retrouver d'un seul coup dans une autre vie. Nous avons de vraies discussions.* » Et à l'instant, vous venez de me dire que le fait d'avoir des « amis » grâce à vos vidéos est agréable.

Mathilde baisse la tête. Silence.

Analyse

Alexis Meyer
(voix off)

– La réaction de Mathilde ne vous a-t-elle pas fait craindre une erreur de votre part ?

Philippe Verpoort
(gros plan)

– Je crois qu'à cet instant, je l'ai mise devant ses contradictions.

– *Nous allons voir la suite qui ne manque pas d'intérêt...*

Mathilde (suite)

– Ne le prenez pas mal ! Je souhaite juste qu'ensemble nous allions rechercher l'élément qui vous a fait accepter votre participation à l'expérience. Vous devez connaître ce dessin où l'on voit deux hommes seuls devant un cercueil dans une église. L'un des deux dit à l'autre « *Et pourtant, il nous avait dit qu'il avait plus de 3000 amis !* »

– Non, je ne l'ai pas vu.

– Son caractère humoristique induit forcément que les « amis » sur les réseaux sociaux sont virtuels.

– Oui, mais ça, c'est une caricature !

– Comprenez bien qu'une caricature dénonce toujours une part de réalité. Combien avez-vous « d'amis » vous-même sur les réseaux sociaux ?

– Si je cumule Messenger, Instagram et TikTok, je dirais... plus de 5000...

– Et combien en avez-vous déjà rencontrés dans la « vraie » vie ?

– Euh... mes copines de lycée !

– C'est-à-dire ?

– Euh... une vingtaine !

– Et de vraies amies, celles avec qui on partage une amitié sincère ?

– Trois !

– Combien de temps passez-vous avec vos trois amies ? Je veux dire en contact réel en dehors du lycée...

– Je ne sais pas... Comme on échange sur les réseaux, je dirais... une heure par semaine...

– Et combien de temps, approximativement, passez-vous devant un écran, que ce soit celui de votre téléphone, d'une tablette ou d'un ordinateur ?

Au fur et à mesure qu'elle essaie d'estimer le nombre d'heures, les yeux de Mathilde s'agrandissent et sa bouche s'entrouvre.

Analyse

Philippe Verpoort

(gros plan)

– C'est à la suite de cette question que Mathilde a compris combien elle était dépendante des réseaux sociaux.

<u>Alexis Meyer</u>
(voix off)

– Et elle vous a dit combien d'heures elle y passait ?

<u>Philippe Verpoort</u>

– Oui. Au bout de quelques secondes de réflexion, elle a murmuré tellement bas le temps qu'elle y passait, que j'ai été obligé de lui demander de répéter plus fort : six heures !

<u>Alexis Meyer</u>

– C'était moins que Sébastien...

<u>Philippe Verpoort</u>

– Oui, c'est vrai. Mais vous avez visionné la suite au montage...

Mathilde (suite)

– Six heures... y compris la nuit ?

C'est dans un sanglot que Mathilde avoue :

– Non... il... il m'arrive de... de faire des... des nuits blanches...

Effondrée, Mathilde se cache le visage dans ses mains. Philippe Verpoort se lève, vient se positionner derrière elle et poser les mains sur ses épaules.

– Chut... Reprenez-vous ! Si vous avez accepté de participer à cette expérience, c'est parce qu'inconsciemment, vous saviez que vous ne tiendriez pas le coup à ce rythme. Votre manque de sommeil évident est induit par votre dépendance à internet.

Philippe Verpoort se dirige vers un lavabo, saisit un gobelet en plastique dans un placard, le remplit d'eau et l'offre à Mathilde.

– Tenez ! Buvez... Cela vous fera du bien...

Analyse

Alexis Meyer
(voix off)

– J'ai coupé au montage cette partie où Mathilde met quelques minutes à retrouver son calme.

Philippe Verpoort
(gros plan)

– *Vous avez bien fait.*

Alexis Meyer

– *La suite est aussi surprenante. Je me suis demandé en filmant cette partie ce qu'elle pouvait faire toute une nuit sur les réseaux.*

Philippe Verpoort

– *J'ai été aussi surpris que vous. Mais c'est son aveu qui m'a permis de trouver la faille pour l'orienter sur autre chose...*

Mathilde (suite)

– Voilà... Nous pouvons reprendre ?

– Oui, oui. Excusez-moi !

– Ne vous excusez pas ! C'est un passage obligé pour bien comprendre votre addiction. Mais si je peux me permettre, j'aimerais vous poser une autre question dans la continuité de ce que vous venez de me dire.

– Je vous en prie.

— Si elle vous dérange, ou si vous souhaitez me répondre plus tard, il n'y a pas de problème. C'est vous qui déciderez. D'accord ?

— D'accord.

— Bien. Alors si je fais un bilan de ce que vous m'avez avoué, en comptant la nuit...

— Pas toutes les nuits... Une à trois par semaines...

— Alors en comptant huit heures par nuit multipliées par trois, plus six heures par jour pendant une semaine, nous arrivons à un total de soixante-six heures par semaine... Vous aviez déjà calculé le temps passé devant les écrans ?

— ... Non !

— Sans être indiscret, que faites-vous pour être autant occupée sur les réseaux ?

— Oh, il n'y a pas que les réseaux. Il y a aussi pas mal de temps que je consacre au montage de mes petits films vidéo avant de les mettre en ligne.

— Mais... vous ne faites pas que ça... Si ?

— Non, je visionne aussi les vidéos postées par mes amis, enfin, vous voyez ce que je veux dire. Et puis dès qu'une de mes vidéos est postée, je guette les « like », les commentaires, le nombre de partages. Je suis complètement accro...

Philippe Verpoort se tait tout en observant la jeune fille.

– Une toute dernière question, Mathilde... Pourquoi avoir accepté de participer à cette expérience ?

– ... Mes parents m'ont surprise plusieurs fois la nuit. Ils ont tenté de me supprimer mon portable, mais j'ai fait de telles crises de nerfs qu'ils me l'ont rendu pour me calmer. Nous en avons parlé ensemble à chaque fois le lendemain, calmement. C'est à la suite de ces crises et nos discussions, sans compter le nombre de fois où je me suis endormie en cours, que j'ai compris à quel point j'étais dépendante de tout ça. Quand ils m'ont parlé de cette opportunité de participer à une expérience avec un neuropsychologue, sans trop comprendre l'objectif, j'ai senti que je devais y aller...

– Vous avez bien fait, Mathilde. Faites-moi confiance ! Nous allons trouver une solution.

Troisième semaine
Premier jour
Laura, Mathilde, Julien et Sébastien

Les quatre adolescents et Philipe Verpoort sont assis dans un même cercle de chaises.

— Je voudrais commencer par vous remercier, tous les quatre, pour votre bonne volonté et votre écoute. Les enseignants m'ont fait un rapport très positif de votre attention en cours. Bon, les résultats ne sont pas encore à la hauteur de ce qu'ils attendent de vous, mais ils ont bon espoir. Les animateurs des ateliers de théâtre, de lecture-écriture, de yoga, de sport sont plus mitigés, mais ce n'est pas grave. Ils tiennent compte que l'attention exigée pour l'écriture et la lecture est encore tributaire de vos anciennes dépendances. Il nous reste deux semaines à passer ensemble, et je n'ai pour ainsi dire aucun doute sur le bilan final que nous dresserons ensemble. Maintenant j'aimerais que chacun de vous s'exprime sur son ressenti après deux semaines d'expérience. Qui veut commencer ?

Sébastien lève la main.

– Oui, Sébastien, nous vous écoutons…

Conscient de l'écoute collective, l'adolescent toussote dans sa main et se lance.

– Tout d'abord, et je pense que là je vais parler au nom de mes camarades, nous tenons aussi à vous remercier pour tout ce que vous faites pour nous. Cela faisait longtemps, pour chacun d'entre nous, que nous n'avions pas vécu autant de contacts réels dans la vraie vie. Et ça, c'est formidable.

– Merci, c'est gentil. Vous pouvez maintenant nous parler de votre bilan personnel ? Quand vous voulez…

Sébastien se penche en avant pour réfléchir quelques secondes, les coudes sur les cuisses et les mains jointes entre ses jambes écartées.

– Je ne pensais jamais, en aussi peu de temps, admettre ma dépendance aux jeux vidéo, et à quel point je pouvais être irritable. Vous m'avez fait comprendre l'amalgame que je faisais sans m'en rendre compte entre mon jeu vidéo « Farming simulator » et ma passion pour l'agriculture. Quant au second jeu, « Destiny II », je l'avais adopté pour combler, sans en être conscient, mon manque de relations dans la vraie vie. C'est incroyable d'avoir compris ça en deux semaines. Voilà.

— Merci Sébastien. Comme vous l'avez justement affirmé, la cohésion de votre groupe y est pour beaucoup. Quelqu'un d'autre veut s'exprimer ?... Oui, Laura... Nous vous écoutons...

— Je vous ai écouté, monsieur, j'ai persévéré dans l'atelier d'écriture. J'ai pu écrire quelques lignes à ma famille...

Laura cesse de parler. Des larmes coulent sur ses joues.

— Pourquoi pleurez-vous, Laura ? Votre persévérance vous a permis de retrouver confiance en vous, non ?

— Oui, mais j'ai reçu une réponse aujourd'hui. Ma mère m'a dit que je lui manque. Moi aussi, ma famille me manque...

— Cette correspondance va vous permettre de reprendre confiance en vous.

— Mes amis du groupe sont là pour ça aussi...

— Pour reprendre confiance en vous ?

— Oui, mais surtout leur présence physique me permet de ne plus me sentir isolée. J'ai vraiment l'impression d'exister sans avoir à le prouver en recherchant de nouveaux « amis » sur les réseaux... Voilà. Ça, c'est le côté vraiment positif de mon bilan.

— C'est très bien, Laura, merci. Julien ? Ou Mathilde, peu importe ?

— Vas-y, Mathilde !

— Moi, dit la jolie brune aux yeux bleus, j'ai hâte de sortir...

— Pour quelles raisons ?

— J'ai commencé à écrire un scénario avec notre prof' de français...

— Vous pouvez nous en parler ?

— Pour l'instant, c'est un secret. Mais j'ai expliqué à la prof' ce que je filmais avec mon téléphone avant, comme je vous l'ai raconté. Elle m'a convaincue d'écrire un scénario plutôt que de filmer bêtement n'importe quoi pour poster sur les réseaux pour me faire croire que j'existe. Là, j'ai compris que je pouvais créer une histoire que je filmerai quand je serai sortie d'ici.

— Un documentaire ?

— Non, non, un vrai film avec des acteurs.

— C'est formidable. Bravo !

– Je leur en ai parlé, ajoute-t-elle en regardant les trois autres adolescents. Sébastien et Julien sont partants pour jouer dedans...

Sébastien acquiesce de la tête avec un large sourire.

– Vous avez déjà vécu une expérience similaire, leur demande Philippe Verpoort ?

– Moi, non, dit Julien, mais si j'ai accepté, c'est pour deux raisons... Tu as terminé, Mathilde ?

– Oui, oui, vas-y !

– D'abord, son histoire est géniale. Elle raconte...

– Non, Julien, chut ! C'est un secret ! le coupe Mathilde.

– Ah oui, pardon ! Bon, en tout cas, c'est génial. Mais surtout... le fait d'être ici, de suivre les cours seulement à quatre, de tout partager avec eux, justement, le scénario de Mathilde, mais pas seulement, les ateliers, la lecture, le sport... tout cela me permet de dormir complètement détendu. Vous savez quoi, monsieur ?...

– Dites-moi !

– Mon téléphone ne me manque pas la nuit. Plus de messages qui arrivent avec l'écran qui s'allume... Vous aviez raison. Je suis comme Laura. Je ne me sens plus isolé et j'ai hâte de retrouver ma famille. Et si par hasard, on a encore droit au téléphone après l'expérience, c'est sûr, je ne le prendrai pas dans ma chambre...

— Très bien. Vous avez terminé, Julien ?

— Oui, oui.

— Bien. Merci à tous les quatre pour ce partage de bilan. Vous avez tous bien compris que vous pouviez dépasser votre dépendance à votre téléphone, aux réseaux sociaux, à l'internet. Pour aller dans le sens de ce que vient de dire Julien, cela ne veut pas dire que vous ne pourrez plus les utiliser après l'expérience. L'objectif est de vous faire comprendre que l'on peut tout à fait limiter leur utilisation. Allez, je crois que c'est l'heure de reprendre les cours avec vos professeurs. Bonne journée !

— Merci, m'sieur !

— À vous aussi !

LA PANNE

(L'expérience)

Un reportage d'Alexis MEYER

La salle est à nouveau plongée dans la lumière des plafonniers. Les deux techniciens apparaissent sur scène et réinstallent les trois fauteuils. Dès qu'ils ont terminé, ils retournent en coulisse et dans la foulée Michel Tessier, Alexis Meyer et Philippe Verpoort font leur entrée.

Michel Tessier prend la parole en premier.

– Je pense que nous pouvons applaudir Alexis Meyer et le docteur Philippe Verpoort pour tout le travail qui a été présenté ce soir...

Alors qu'il fait signe aux deux hommes de se lever, le public s'exécute dans une salve d'applaudissements nourris. Michel Tessier attend que revienne le silence puis enchaîne.

– Merci messieurs. Nous allons demander maintenant au public s'il a des questions à poser...

Un technicien revient à nouveau dans la salle avec un micro HF et se dirige vers un homme au premier rang qui lève le bras.

– Oui, monsieur ? Je vous en prie...

– Pardonnez-moi d'avance ma question. Elle s'adresse plus particulièrement à monsieur Verpoort...

– Je vous écoute, monsieur, allez-y ! lui réplique aussitôt le médecin.

– J'ai beaucoup apprécié votre travail avec les quatre jeunes, mais je ressens comme une sorte de frustration. L'expérience annoncée devait durer un mois, mais le reportage s'arrête après le bilan présenté au bout de quinze jours... Je suppose qu'il y a une explication...

– Merci, monsieur, pour votre question qui exprime complètement ce que vous ressentez, et je suppose qu'il en est de même pour tout le monde. Le bilan après quinze jours vous a permis de comprendre l'évolution à mi-expérience chez ces quatre adolescents, et vous avez pu en appréhender les prémisses. Pourquoi, en accord avec Alexis, avons-nous suspendu le reportage à ce stade ? Tout simplement pour vous éviter toute lassitude. En effet, les suivre dans les ateliers, dans nos entretiens, jour après jour aurait été répétitif. Mais je comprends votre frustration. Quel a été le bilan au bout d'un mois d'expérience ? Que sont devenus nos quatre jeunes ? Comment ont-ils vécu l'ensemble de l'expérience et surtout, comment s'est passé leur retour à la vie extérieure ? Dans leur famille, au lycée, dans leur quotidien et aussi la question qui doit vous tarauder, comment s'est passée pour chacun d'eux l'adaptation sans la technologie numérique ou bien l'ont-ils contrôlée ? Sébastien,

Julien, Laura et Mathilde sont-ils retombés dans la dépendance aux réseaux sociaux, à internet, aux écrans ? Est-ce que j'ai bien résumé, monsieur, le pourquoi de votre frustration ?

– Oui, c'est tout à fait cela !

– Eh bien, nous avons une surprise pour vous. D'abord, il faut que vous sachiez que l'expérience et le reportage ont été réalisés il y a un an. Donc nous vous proposons le bilan que vous attendiez, non pas après un mois de stage, mais après une année. Et pour le dresser devant vous, j'ai le plaisir de vous présenter trois de nos acteurs de l'expérience : Laura, Mathilde et Julien...

Alors que les trois adolescents apparaissent des coulisses, le public se lève pour les applaudir chaleureusement. Les techniciens les suivent pour poser trois chaises sur lesquelles les trois adolescents prennent place. Un micro est tendu à Julien. Dès que le public s'est assis à son tour, Philippe Verpoort s'adresse à eux.

– Merci tout d'abord d'avoir accepté de venir ici ce soir. Je voudrais préciser, poursuit-il à l'attention du public, que Sébastien n'a pu être présent, car il est en stage en Normandie. Mais dès que Julien, Laura et Mathilde vous auront expliqué comment ils ont vécu la fin de l'expérience et se sont réadaptés à leur vie, nous serons en visioconférence en direct avec Sébastien que vous pourrez voir sur l'écran derrière nous. Voilà, maintenant c'est Julien, puisqu'il a le micro, qui va commencer à vous dresser son bilan. Julien c'est à vous...

— Merci monsieur. Bonsoir, messieurs, dame. Je suis donc Julien, même si ce n'est pas mon vrai prénom comme vous l'a expliqué le docteur.

— Vous pouvez nous parler en premier de la fin de l'expérience ?

— Ce que j'avais dit au bilan des quinze jours s'est confirmé. Mon téléphone ne m'a plus manqué et j'avais de plus en plus hâte de terminer l'expérience pour retrouver mon père, ma mère et leur dire que je les aimais. Je sais qu'ils ont souffert de mon comportement avant l'expérience, et je n'avais qu'une seule envie, me faire pardonner.

— Parlez-nous de votre vie aujourd'hui...

— Déjà, je dors très bien la nuit...

— Plus de portable ?

— Si, mais pas la nuit.

— Donc vous l'utilisez dans la journée ?

— Oui, c'est quand même utile si mes parents veulent me joindre.

— Les réseaux ?

— Je n'y vais quasiment plus. Plus de messages à ceux que j'appelais « mes amis ». J'ai retrouvé Mathilde et Sébastien avec qui nous avons pu tourner son film, mais elle vous en parlera mieux que moi.

– Vous allez sur internet ?

– Oui, au lycée pour des recherches que nous demandent les profs. Chez moi, un peu. Mais quand je dois chercher une information, j'ai ressorti les dictionnaires et la vieille encyclopédie de mes parents.

– Vous avez le nom de cette encyclopédie ?

– Oui. C'est « L'Encyclopedia Universalis ». C'est moins rapide, j'ai découvert une tonne d'informations super intéressantes que je ne recherchais pas et que j'ai trouvées par hasard. Ça, c'est parce que l'expérience vécue avec vous m'a rappelé que la lecture était un outil remarquable.

– En dehors des dictionnaires et de l'encyclopédie, lisez-vous autre chose ?

– Oui, des romans. Bon déjà, il y a ceux que nous devons lire dans le programme de français au lycée, mais sinon, je lis des romans de science-fiction. J'adore.

– Souhaitez-vous ajouter quelque chose à votre bilan ?

– Oui. Je ne remercierai jamais assez mes parents et vous-même de m'avoir convaincu à vivre cette expérience.

– C'est bien, Julien, mais n'oubliez pas que vous aviez donné votre accord...

— C'est vrai, mais parce qu'inconsciemment, je pressentais que ma vie partait en vrille.

— Merci Julien.

Sans que Philippe Verpoort l'encourage, le public applaudit chaleureusement Julien qui, gêné, se réfugie dans les yeux de Mathilde en lui tendant le micro.

— Merci pour lui. Ah, elle a le micro, donc c'est au tour de Mathilde de nous faire part de son bilan personnel. Mathilde ?...

— Merci, monsieur !

— En premier, je dois dire que l'expérience m'a donné un coup de fouet extraordinaire. J'étais complètement addicte aux réseaux sociaux en prenant comme prétexte mes petites vidéos. Comme je l'ai dit dans mon bilan au bout de quinze jours, ma prof de français m'a orientée vers l'écriture d'un scénario. Un vrai. D'abord, le fait d'écrire avec un stylo m'a donné de nouvelles sensations, même si au départ je trouvais ça ringard. Mes idées se sont couchées de jour en jour sur le papier, et j'ai vu naître dans mon esprit les images du film. La dernière quinzaine, j'ai appris, toujours avec ma prof, à découper le synopsis en scènes, puis à établir le découpage technique et le plan de tournage.

— Et vous l'avez tourné ce film ?

– Oui. C'est génial ce qui m'est arrivé lorsque l'expérience a été terminée. Je suis retournée au lycée et j'ai montré tout ce que j'avais fait pendant l'expérience au responsable de l'atelier vidéo, mon prof d'art plastique. On a revu ensemble quelques trucs qui ne collaient pas. Quand tout a été prêt, il a lancé un appel pour un casting parmi les élèves intéressés. Julien y est venu. Sébastien aussi, même s'il n'est pas du même lycée. Ils ont été retenus avec trois autres garçons et aussi deux filles. Le proviseur nous a autorisés à ne pas aller en cours pendant le tournage qui a duré trois jours. C'était génial. Après, toujours avec le prof d'art plastique, on a dérushé et fait le montage. Mais ça, ça se passait en dehors des cours, le soir et le mercredi après-midi. Le film terminé a été projeté à tous les élèves du lycée. Je n'en reviens encore pas. Et tout ça, grâce à l'expérience.

– Et les réseaux sociaux ?

– Je n'y vais plus du tout, ou juste pour voir de temps en temps les réactions au film que le prof m'a conseillé de mettre sur YouTube. On en est à plus de trois mille vues.

– Est-ce que vous regrettez les soixante-six heures que vous passiez sur les réseaux sociaux ?

– Non, je préfère les passer à l'atelier vidéo. Bon, peut-être pas soixante-six heures, mais je suis actuellement dans l'écriture d'un autre scénario.

J'ai un peu moins de temps, parce que j'ai le bac à la fin de l'année.

— Autre chose ?

— Ah oui ! Je me sers de mon téléphone... pour téléphoner. Le clavier est trop petit pour envoyer des messages et ça prend trop de temps. Je préfère appeler quand je dois joindre quelqu'un. Et puis, les vrais contacts, c'est tellement mieux !

— Terminé ?

— Oui, m'sieur !

— Merci, Mathilde, vous pouvez passer le micro à Laura...

Alors que Mathilde le passe à sa voisine, le public l'applaudit comme il l'a fait pour Julien. Ce qui fait rougir Mathilde de confusion. Une voix se fait entendre dans la sonorisation.

— *Monsieur, Sébastien est en ligne !...*

— Ah, parfait ! Ne le passez pas encore sur l'écran de la salle, pour ne pas distraire le public pendant le bilan de Laura. Vous pouvez lui envoyer le son ?

— *Oui, monsieur, il a entendu ce que vous venez de dire...*

— Bien. Sébastien, nous vous retrouvons dans quelques minutes après le bilan de Laura...

La voix de Sébastien se fait entendre.

— *Pas de problème, M'sieur, j'ai tout mon temps !*

— Merci Sébastien. Laura, à vous donc. Vous pouvez nous parler de votre vie depuis l'expérience ?

— Oui, monsieur. Bonsoir tout le monde. Alors je voudrais commencer par mon avis sur l'expérience. Je suis passée par tellement de stades différents. Je crois que tout a basculé lorsque vous m'avez conseillé des séances de relaxation. Avec le soutien de l'animatrice qui gérait cette activité, j'ai retrouvé confiance en moi. Comme on l'a vu dans le reportage, j'ai pu entretenir une correspondance avec ma famille. Les lettres que je recevais me faisaient chaud au cœur, et j'avais besoin de me confier à mes parents pour qu'avec leur soutien, je puisse me reconstruire.

— Et comment vous sentez-vous maintenant au sein de votre famille ?

— J'y ai la place que je n'aurais jamais dû quitter. L'amour familial est tellement porteur d'optimisme et de joie.

— Cherchez-vous aujourd'hui à vous faire encore des amis ?

— Oui, mais plus sur les réseaux sociaux. Lorsque l'expérience a été terminée, j'ai ressenti le besoin de poursuivre mes séances de relaxation.

Alors je me suis inscrite à des cours de yoga. J'y ai rencontré d'autres filles super sympas. De vraies rencontres ! Et certaines sont devenues des amies, des vraies ! Que du bonheur !

— Donc je suppose, plus de réseaux sociaux...

— Vous savez, lors de ma troisième journée d'expérience, nous avons eu un entretien. Je vous ai dit que sans téléphone, j'avais peur de faire des cauchemars la nuit avec l'impression que l'enfer m'attendait. Vous m'avez répondu alors que l'enfer était derrière moi et qu'à la sortie de l'expérience, un arc-en-ciel m'attendrait dehors. Si vous saviez comme aujourd'hui c'est vrai. J'ai un arc-en-ciel dans le cœur chaque jour de ma nouvelle vie. Parce que c'est sûr, c'est une nouvelle vie. Merci, monsieur, de m'avoir guidée pendant l'expérience.

— Je vous en prie Laura. Tout le plaisir a été pour moi. Mesdames, messieurs... Laura...

De nouveaux applaudissements du public dessinent sur le visage de Laura un large sourire, symbole de son arc-en-ciel intérieur.

— Merci pour vos applaudissements mérités à nos trois jeunes gens. Nous devrions maintenant pouvoir être en communication avec Sébastien...

En se tournant vers les coulisses, il s'adresse à la régie.

– Est-ce que Sébastien est toujours là ?

– *Oui, tout à fait !*

– Est-ce qu'il serait possible maintenant de basculer son image sur l'écran de la salle, s'il vous plaît ?

Dans la seconde qui suit, Sébastien apparaît. Il est assis à un bureau devant un ordinateur.

– Bonsoir Sébastien. Merci d'avoir patienté. Le public vous découvre à l'écran. Bien. Pouvez-vous nous dire maintenant quel est votre bilan final de l'expérience et ensuite le bilan de votre vie, un an après l'expérience ?

– Oui, bien sûr ! Tout d'abord l'expérience. Enrichissante bien sûr ! Un vrai remède à...

Un cercle noir apparaît au milieu de l'écran. Un craquement retentit. L'écran devient blanc d'un seul coup.

– Allô, la régie ! Il y a un problème, nous avons perdu le contact avec Sébastien. Il n'y a plus d'image...

– Une seconde, monsieur, nous regardons ce qui se passe...

Quelques secondes plus tard, la même voix.

– Désolé, Monsieur, nous n'avons plus de connexion internet !

– Quoi ? C'est un gag !

– J'aimerais bien, mais je vous assure, nous n'avons plus de réseau !

– Alors, celle-là, c'est la meilleure ! s'exclame Alexis Meyer.

– Nous vous prions de nous excuser, mesdames et messieurs, bafouille Michel Tessier, c'est bien sûr totalement indépendant de notre volonté...

– Vous êtes sûr qu'il n'y a rien à faire, demande à nouveau Philippe Verpoort à la régie ?

– Non, non, monsieur, nous avons vérifié. C'est réellement une panne !

– Pfff ! Pour une soirée consacrée à la panne, on ne pouvait mieux rêver ! C'est peut-être temporaire, non ?

— *Je ne crois pas. Nous n'avons plus de réseau non plus sur nos portables...*

— Alors que faisons-nous ?

— *Je peux vous envoyer une personne qui va vous expliquer ce qui se passe...*

— Un informaticien ?

— *Non, je ne crois pas, mais il souhaite vous parler... Je vous l'envoie...*

Et contre toute attente, Sébastien entre sur scène. Philippe Verpoort, Michel Tessier et Alexis Meyer se lèvent pour accueillir l'incroyable invité surprise, qui salue de la main ses trois amis de l'expérience qui se sont levés également. Le public médusé, a du mal à comprendre ce qui se passe, mais se rend vite compte que toutes les personnes sur scène n'ont pas l'air surprises, aux sourires qu'elles affichent. Finalement, Philippe Verpoort s'avance face aux spectateurs et intervient au micro.

— Si vous vous souvenez de mon entretien avec Sébastien dans le reportage, à un moment donné je lui ai dit qu'il pourrait être mon collaborateur. Eh bien, mesdames et messieurs, c'est le cas ce soir. Sébastien... c'est à vous !

— Merci, m'sieur ! Bonsoir tout le monde.

Vous devez vous demander ce qui s'est passé ce soir. Je vais vous l'expliquer. En réalité, c'est un leurre volontaire. Nous avons simulé la panne d'internet afin de mieux vous surprendre. Lorsque vous m'avez vu sur l'écran, c'était une séquence préalablement filmée par monsieur Alexis Meyer sur laquelle s'est appuyé le docteur. Cette simulation va lui permettre dans quelques instants de tirer des conclusions qui concernent tout le monde. Pour cela, nous allons faire appel à votre franchise. Je vais vous poser des questions auxquelles vous devrez répondre simplement en levant la main. Vous attendrez que les techniciens vous disent de baisser les bras après les avoir comptabilisés. Vous êtes prêts. Alors on y va. Première question. Qui, ce soir, n'avait pas de téléphone ?

Après avoir compté les bras levés, le technicien annonce « 42 » à Sébastien.

— Merci. Vous pouvez baisser les bras. Vous êtes « 500 » ce soir dans la salle. Donc, « 458 » ont un portable sur eux. Maintenant, toujours en toute franchise, lorsque mon image a disparu de l'écran et que la régie a annoncé la perte de connexion d'internet, qui n'a pas songé à vérifier l'information sur son téléphone ?

À la surprise générale, seulement deux bras se lèvent.

— Merci, vous pouvez baisser vos bras. C'est à vous maintenant, m'sieur...

Philippe Verpoort se lève et vient sur le devant de la scène après avoir remercié Sébastien.

— Mesdames et messieurs, cette mise en scène n'avait qu'un seul but. Prouver ce soir qu'il n'y a pas que les adolescents qui dépendent de manière obsessionnelle d'internet, des réseaux sociaux et de leurs portables. « 456 » d'entre vous sur « 458 » ont vérifié s'ils avaient une connexion ou pas lorsque nous avons prétexté la panne. Ce qui fait exactement « 99,56% ». Si le film d'Alexis Meyer vous a alerté sur ce qui pourrait se produire avec une vraie panne causée par une tempête solaire extraordinaire, si son reportage sur l'expérience a mis l'accent sur les dérives comportementales de quatre adolescents, nous sommes en mesure maintenant, au-delà de la catastrophe économique mondiale causée par « la panne », de vous affirmer qu'un pourcentage très élevé de la population connectée serait complètement paniqué. Plus de courriels, de SMS, de notifications, et comme Alexis l'a démontré, plus de cartes bleues, plus d'achats en ligne, plus de consultations de comptes bancaires pour les principaux effets subis. Tout ce à quoi vous avez assisté ce soir n'avait qu'un seul objectif. Vous démontrer qu'il ne faut pas attendre « la panne » possible. Tout est question d'anticipation. Chacun d'entre nous doit apprendre à limiter l'usage des réseaux sociaux. Se déconnecter du monde virtuel en se débarrassant de son ordinateur, de sa tablette ou de son smartphone n'est pas la bonne solution. C'est une approche excessive et contre-productive. Pourquoi et comment vous passez votre temps sur les réseaux sociaux, voilà la bonne réflexion qui vous permettra d'identifier les raisons pour lesquelles vous devez réduire votre temps de connexion. Je sais que certains pensent, à l'image de ce qu'ils ont vu dans le reportage, qu'il leur suffira de se faire aider par un thérapeute. Mais attendez ! Réfléchissez deux secondes ! Cinq milliards de personnes en difficultés psychologiques, plus ou moins importantes, vous imaginez ? Les thérapeutes, neuropsychologues ou neuropsychiatres sont certes nombreux sur terre, mais pas au point de gérer autant de cyberdépendants à la fois.

Philippe marque quelques secondes de silence pour observer le public. Il sait que son discours fait mouche. Dans sa lancée, il poursuit sa démonstration.

— Pour que chacun s'en sorte, c'est maintenant qu'il faut agir. Réfléchir à vos propres addictions à internet et aux réseaux sociaux. Et puis comprendre. Comprendre comme nous l'a expliqué Laura que la relaxation est une alternative sérieuse. Comme Mathilde, qu'une activité artistique ou autre, mais au contact des autres, est bénéfique à l'équilibre mental et au sommeil. Comme Julien, que le retour à la lecture, la vraie, de romans, de dictionnaires redonne une bonne image de soi. Et puis pour terminer, demandons à Sébastien le bilan de l'expérience et celui de sa vie aujourd'hui. Alors Sébastien ? Les jeux vidéo, toujours aussi dépendant ?

— Non, m'sieur ! L'année prochaine, je me lance dans un BTS par alternance. Pour cet été, j'ai été embauché sur de grosses exploitations dans la vallée du Rhône. J'utilise des machines agricoles dont j'ai toujours rêvé depuis que je suis petit. Le fait de toucher du doigt mon rêve a supprimé mon addiction à « *Farming simulator* ». J'y consacre à tout casser une demi-heure le samedi et le dimanche pour me détendre un peu. Mais je m'y intéresse de moins en moins. La réalité dépasse la fiction. Voilà, m'sieur.

— Merci, Sébastien. Donc, et ce sera le dernier

point de ma projection sur l'éventualité de « la panne », vivez votre vie avec le but bien ancré en vous d'atteindre vos rêves. Sébastien l'a fait. Vous pouvez le faire.

Michel Tessier enchaîne après qu'il a compris que le neuropsychologue a terminé.

— Eh bien, mesdames et messieurs, c'est ainsi que se termine notre soirée. Il ne nous reste plus qu'à remercier Alexis Meyer et Philippe Verpoort, ainsi que nos quatre jeunes, Mathilde, Laura, Julien et Sébastien. Et merci également à l'équipe qui a assuré toute la partie technique.

Dans un seul élan, le public applaudit chaleureusement les animateurs et invités qui saluent et quittent la scène par les coulisses. Le public, ravi de cette soirée instructive et surprenante, sort progressivement de la salle, traverse le hall d'accueil et se retrouve à l'extérieur. Chacun part de son côté pour poursuivre sa vie. Combien tiendront compte des conseils prodigués ? Combien privilégieront le contact physique dans la vraie vie, plutôt que les rencontres virtuelles sur les réseaux sociaux ? Ce sont toutes les questions que se pose un dernier homme d'une cinquantaine d'années, seul à la sortie de la salle de cinéma, intrigué par toutes les théories et analyses qu'il a enregistrées, mais aussi et surtout parce que, comme s'il était hypnotisé, son regard est figé sur l'affiche, avec une question vrillée à son esprit pour longtemps :

« *Et si ça arrivait vraiment, comment moi, je réagirais ?* »

Je remercie sincèrement
Monique BERNARD, Jeanne GREINHOFER,
Josette LAGNEAU, Peggy LAGNEAU
et Shirley VIRGA
pour leur patient travail de relecture
et leurs avis toujours judicieux

Un grand merci également à tous ceux qui ont accepté gentiment de répondre à mon sondage préliminaire et dont les réponses ont alimenté les réactions du public dans la salle de cinéma après la projection du film dans mon roman :

Fabienne ANSELMET, François BALAINE, Serge BEYER, Geneviève BOBIOR-WONNER, Jean BOYER, Noëlla CAILLY, Alain CANONGE, Françoise et Daniel CARRÉ, Maureen CARRÉ, Zaz CHALUMEAU, Jean-Marc CINGOLANI, Arnaud DE GRAVE, Ewan DEVILLE, Youri DEVILLE, Nicole DURAND, Aurélia EDELHAUSER, Etienne FERNANDEZ, Hugues FOURMENT, Éric FRASIAK, Sarah GALLAIS, Françoise GOULET, Aurore HOUILLONS, Magalie LACONI, Dominique LACORDE, Josette LAGNEAU, Peggy LAGNEAU, Katy LOBY-KULLOCK, Véronique LOSA, Patrice MACEL, Céline MAFILLE, Francine MARY, René MAZAUD, Hélène ODINOT, Nathalie PIAN, Céline PLAT, Édith PROT, Olivier RENAUD, Gérard RIBOLINI, Denis RICCI, Véronique BANCEL, Alexandre RICHARD, Philippe SAVOYANT, Aliette SOMOT, Robert THOMAS, Kiara, Nina, Nino et Shirley VIRGA

Sources bibliographiques, numériques et médicales

Ça m'intéresse
Trust my Science
Pandora FMS
Anthedesign
La provinciale
Wikipedia
Cairn.Info
Forbes
Business
Rodolphe Oppenheimer
(psychothérapeute et psychanalyste)
L'obs
Revue des droits et libertés fondamentaux

Autres livres de Patrick LAGNEAU chez BoD

Romans

La petite boîte d'albâtre

Les voyages temporels d'Archibald Goustoquet
Tome I : Attentat

Les voyages temporels d'Archibald Goustoquet
Tome II : Kidnapping

Les voyages temporels d'Archibald Goustoquet
Tome III : Catastrophe

Étranges migraines

Le photographe de Paulilles

Au nom de Sara
(4857 Mao Zedong Avenue)

44 ans sans toi

Page blanche pour roman noir

Tu ne tatoueras point

Salut, mon pote !

J'ai mal à mon pays

Albums jeunesse

Les histoires d'Hector
Les nouvelles histoires d'Hector

Nouvelles

Des chutes en cascades

Édition : BoD – Books on Demand, info@bod.fr

Impression : BoD – Books on Demand, In
de Tarpen 42, Norderstedt (Allemagne)
Impression à la demande

ISBN : 978-2-3224-4001-6
Dépôt légal : Juillet 2022